가·지·않·은·길

가·지·않·은·길

펴 낸 날 2023년 12월 22일

지 은 이 지선경
펴 낸 이 이기성
기획편집 이지희, 윤가영, 서해주
표지디자인 이지희
책임마케팅 강보현, 김성욱
펴 낸 곳 도서출판 생각나눔
출판등록 제 2018-000288호
주   소 경기 고양시 덕양구 청초로 66, 덕은리버워크 B동 1708호, 1709호
전   화 02-325-5100
팩   스 02-325-5101
홈페이지 www.생각나눔.kr
이 메 일 bookmain@think-book.com

• 생각의 뜰은 도서출판 생각나눔의 자서전 브랜드입니다.

• 책값은 표지 뒷면에 표기되어 있습니다.
  ISBN 979-11-7048-629-9(03810)

무명한 자, 가을 깊은 한 남자의 인생 이야기

가·자·앉·은·걸

지선경 자전 에세이

베이비붐 7080세대를 걸어온
가을 깊은 한 남자의 길

"필리핀에서 호텔을 짓겠다고?"

"필리핀에 아는 사람이 있어? 한국도 아니고 외국에서 어떻게 하려고 그래?"

내가 한국을 떠나 필리핀에서 사업을 하겠다고 했을 때 주변의 나를 아는 사람들은 모두가 의아해했다. 그런 열정이면 한국에서도 얼마든지 어떤 사업이라도 다시 한번 할 수 있을 텐데, 굳이 언어도 아니 되는 타국에서 고생을 사서 하려느냐고 만류도 했다.

하지만 그 당시, 나는 이미 어릴 적부터 꿈꾸던 이상과 바람이 어느 순간부터 정체되었다고 느끼며, 마치 길을 잃은 아이처럼 하루하루를 서성이고 있을 때였다.

천방지축 돈키호테를 동경하고, 망망대해를 바라보는 마도로스 선글라스에 비친 세상을 동경하던 소년은 어느새 세상과 타협하며 어제 같은 오늘에 안주하며 살고 있었다.

물론 지나온 세월도 남들이 가지 않는 거친 길을 찾아 도전하는 길이었고, 수없이 많은 시행착오를 거치면서 맨몸으로 부딪친 길이었다.

내가 선택한 길은 성공의 가이드도, 통계도 데이터도 없는 좁은 길이었지만, 나는 이마저도 미련을 떨쳐 버리고 길 없는 길을 찾아 미지의 세계로 떠나고 싶었다.

어릴 적, 나는 밤새도록 하얀 눈이 내리는 날이면, 아무도 밟지 않은 흰 눈밭 위에 나만의 발자국을 만들고 싶어 아침잠을 설치곤 했던 아이였다. 어쩌면 난 처음부터 그런 기질을 타고 태어났을지도 모르겠다. 새로운 길을 가면서 느끼는 두려움과 고독보다는 고난을 이겨낸 후 느끼는 자긍심과 보람이 나를 항상 깨우고 했으니 말이다.

그날 이후로 10여 년이 지난 지금, 나는 필리핀에 수영장이 딸린 아담한 호텔을 지어 운영하고 있으며, 여행자들에게 'SK 콘도텔'이라는 이름으로 불리는 건물을 소유하게 되었다.

물론 누구에게는 성공이란 말이 어울리지 않는 작은 이룸이 있으나, 중고 오토바이를 타며 책 장사로 시작한 사업부터 외국에서 호텔까지 지은 나의 인생 이야기를 글로 남기고 싶었다.

나에겐 작은 위로를, 내 아이들과 다음 세대에게는 아버지가 살아온 인생의 경험을 유산으로, 이 글을 읽는 독자들에게는 보릿고개를 함께 넘어오며 울고 웃었던 우리들의 이야기를 남기고자 한다. 또한, 어쩌면 이 순간에도 삶의 희망이 보이지 않는 이들에게 나의 이야기가 작은 응원이 되기를 기대한다.

그리고 자서전을 쓸 수 있도록 응원해준 내 주변의 소중한 사람들과 나의 삶 만큼이나 매끄럽지 못하고 부족한 표현력으로 쓴, 별 볼 일 없는 책을 읽고 있는 지금의 당신에게 감사의 말씀을 전한다.

2022년 가을 히말라야 안나푸르나에서

가지 않은 길
(The Road not Taken)

단풍 든 숲 속에 두 갈래 길이 있었습니다

몸이 하나니 두 길을 가지 못하는 것을 안타까워하며,

한참을 서서

낮은 수풀로 꺾여 내려가는 한쪽 길을

멀리 끝까지 바라다보았습니다

그리고 다른 길을 택했습니다. 똑같이 아름답고,

아마 더 걸어야 할 길이라 생각했지요

풀이 무성하고 발길을 부르는 듯했으니까요

그 길도 걷다 보면 지나간 자취가

두 길을 거의 같도록 하겠지만요

그날 아침, 두 길은 똑같이 놓여 있었고

낙엽 위로는 아무런 발자국도 없었습니다

아, 나는 한쪽 길은 훗날을 위해 남겨 놓았습니다!

길이란 이어져 있어

계속 가야만 한다는 것을 알기에

다시 돌아올 수 없을 거라 여기면서요

오랜 세월이 지난 후 어디에선가

나는 한숨지으며 이야기할 것입니다

숲 속에 두 갈래 길이 있었고, 나는

사람들이 적게 간 길을 택했다고

그리고 그것이 내 모든 것을 바꾸어 놓았다고

- 로버트 프로스트

목 차

인생 제2막

제1장 꿈을 찾아 떠난 머나먼 남쪽 나라 필리핀

인생 제3막

미처 못다 한 이야기들

인생 제1막

모가지가 길어서 슬픈 짐승이여

언제나 점잖은 편 말이 없구나

관이 향기로운 너는

무척 높은 족속이었나 보다

물속에 제 그림자를 들여다보고

잃었던 전설을 생각해내곤

어찌할 수 없는 향수에

슬픈 모가지를 하고 먼 데 산을 바라본다

제1장

꿈이 많던 소년과 학창 시절

1. 나의 고향, 충청도 제천

나는 「울고 넘는 박달재」 노래로 유명한 충북 제천 봉양의 작은 마을에서 2남 2녀의 둘째 아들로 태어났다. 내 위로는 여섯 살 많은 형이 있고 두 살 아래인 남동생이 있었는데, 소아마비였던 동생은 한번 걸어 보지도 못하고 어린 나이에 세상을 떠나 나를 아프게 했고, 그 이후 예쁜 여동생 둘이 생겼다.

그리고 고등학교 졸업할 때까지 나는 그 산골짜기 시골 마을에서 셋방살이를 전전하며 어린 시절을 보내야 했다. 흔히들 말하는 '찢어질 듯 가난하다'는 이야기는 어쩌면 우리 집을 두고 한 말이었을 게다.

하지만 어릴 적 어머니 말씀으로는 우리 집도 할아버지 살아 계실 적까지는 꽤 잘 사는 집이었고, 해방 후에도 동네에 2대뿐이 없었던 자전거 중에 한 대는 우리 집 소유였다 하셨다. 성품이 선하셨던 할아버지는 후한 인심으로 동네 사람들에게 존경을 한몸에 받았고 할아버지가 소천하셨을 때는 많은 고향 사람들이 수십 개가 넘는 만장을 들고 고인의 마지막 가는 길을 따라가는 그 모습이 장관을 이룰 정도로 부잣집이었다 한다.

할아버지가 돌아가신 후에 집안은 기울어졌고, 내가 태어난 지 얼마 지나지 않아 우리 집은 모든 것을 정리하고 무작정 서울로 이사했다. 아버지는 시골에서 자라면서도 농사에는 관심이 없었고, 화려해 보이는 도시생활을 동경하며 물려받은 전답을 모두 팔고 상경하신 거였다.

하지만 귀하게만 자라 바깥세상 물정을 몰랐던 아버지에게 서울 생활은 호락호락하지 않았고, 사회 경험이 없으셨던 아버지는 몇 차례에 걸쳐 사기를 크게 당한 후, 우리 집은 결국 빈털터리가 되었다 한다.

한 번도 일본어를 배워본 적 없는 나에게 '네다바이'라는 일본말(뜻: 사기)이 기억 속에 남아 있는 것은 생전 아버지께서 술 한 잔 기울이시며 수없이 읊조리시던 회한의 넋두리 때문일 것이다.

2. 서울에서의 어린 시절

그 후, 서울에서 모든 것을 탕진한 아버지는 하루하루 공사판을 찾아다녀야 했고, 어머니는 생계를 위해 청량리 홍릉 시장에서 덴뿌라(어묵) 파는 노점상을 시작하셨다.

곱디고운 젊은 새댁이었지만 하루 품팔이, 아버지의 수입으로는 생계가 불안정했기 때문에 어머니의 노점상은 어쩔 수 없는 선택이었을 것이다.

"고놈 참 튼실하게 생겼네."

"아들이 장군감이네. 아줌마 아들내미 봐서 하나 더 사야겠어요. 힘내세요."

젊은 아낙이 떡두꺼비 같은 아들을 업고 장사하는 모습이 애처로웠는지 손님들은 일부러 어묵 하나씩을 더 사 주었다고 한다. 살기 위한 일이었지만 자식들을 위한 고생을 묵묵히 감당하셨던 어머니는 힘들었던 그 시간의 기억을 가끔 웃음으로 말씀하시곤 하셨다. 당신의 잘못된 선택으로 재산을 탕진한 아버지는 평소 묵묵하고 표현이 적은 편이셨지만, 자식들 앞에서는 너털웃음으로 한없는 정을 나눠주는 따뜻한 분이셨다.

내가 기억할 수 있는 내 인생의 첫 번째 추억은 어린 시절 청량리 홍릉 언덕 위에서 살 때 동네 친구들과 개구쟁이처럼 놀다 사고 친 이야기이다. 긴 두건을 머리에 두르고 친구들의 어깨를 붙들며 대여섯 살 또래 아이들과 기차놀이를 하다가 발을 헛디뎌 언덕 아래로 굴러떨어진 일이 있었다.

친구들이랑 정신없이 놀던 중, 세찬 바람에 휘날린 보자기가 눈을 가리는 바람에 기차 기관사처럼 앞장서서 까불던 내가 사고를 친 것이었다.

언덕 위에서 떨어지는 장면을 목격한 아버지는 한순간의 망설임도 없이 나를 붙잡기 위해 허공에 몸을 던지셨지만, 함께 이야기를 나누던 작은아버지는 구부러진 언덕길을 따라 걸어 내려오셨다 한다. "네 아버지는 자식 앞에선 물불 안 가리더라. 아버지랑 삼촌은 역시 다른 거야!" 훗날 그 장면을 목격한 동네 어르신들이 내게 해주시던 말씀이다.

흙투성이가 된 나를 일으켜 세우시며 툭툭 털어 주시던 아버지. "괜찮다. 이제 괜찮다." 하시며 눈물 콧물 범벅이 된 나를 따뜻하게 안아주시던 아버지의 손길을 지금도 잊을 수가 없다.

또 잊히지 않는 아련한 기억 중의 하나는 초등학교 입학하기 전, 청량리역 광장에서 형과 함께 아이스케키 장사를 한 추억이다. 어려운 우리 집 형편에 용돈이라도 벌어보겠다는 생각으로 초등학생이었던 형이랑 내가 장난삼아 시작한 일이었다.

나보다 6살 연상이었던 형은 철이 들어 그런지 부끄러움을 많이 타 아이스크림 상자를 어깨에 멨고, 세상 물정 모르는 나의 몫은 소리 지르는 것이었다.

"아이스케키 왔어요, 아이스케키."

그렇게 우리 형제는 청량리역 광장을 종일 돌아다니며 목이 터져라 아이스케키를 외쳤고, 석양이 지는 저녁이 될 즈음이면 몇 푼의 동전을 손에 쥐고 개선장군처럼 집으로 돌아오곤 했다. 팔다 남은 얼음과자는 녹을 대로 녹아있었지만, 달콤한 아이스케키를 한입에 물고 집으로 향하던 그 발걸음은 아직도 나의 마음에 솜사탕처럼 아련하다.

우리 가족의 힘겨운 서울 생활은 고향 제천에서 '충북선 철도 대공사'가 시작되었다는 소문이 전해지면서 막을 내렸다. 그 공사는 국가 예산이 소요되는 규모가 크고 장기간에 걸쳐 이루어지는 공사였기 때문에 아버지는 하루하루 품팔이를 걱정하지 않아도 되는 일이었다.

농사짓기 싫어서 모든 것을 다 정리하고 화려한 도시생활을 꿈꾸며 올라간 서울이었지만, 재산을 모두 탕진한 후 초라한 모습으로 고향에 돌아와야 했던 부모님의 심정을 생각하면 어른이 된 지금도 마음이 울적해진다.

3. 신작로 길가 문간방의 추억

고향으로 돌아온 우리 가족은 방문을 열면 바로 비포장도로에 맞닿은 신작로 길이 접한 단칸방에서 또다시 셋방살이를 시작했다. 자전거라도 한 대 지나갈 때면 뿌연 흙먼지가 방안으로 가득히 날아 들어오고, 빨래도 하나 널어놓을 수 없었던 좁은 문간방이었다.

그나마 객지 생활보다는 낫겠다 싶어 돌아온 고향이었건만, 창문도 없는 골방은 변함이 없었고, 시골에서의 생활 형편도 크게 달라지지 않았다. 서울에서처럼 아버지는 철도 공사 현장을 따라 다니시며 품팔이를 하셨지만, 이 역시도 여의치 않아 어머니도 봉양역 앞에서 어묵 장사 대신 떡 장사를 시작하셨다.

시내버스 없이 기차가 가장 중요한 교통수단이었던 그 시절, 기차 역전은 어머니의 새로운 일터가 되었다. 열차가 도착할 시간에 맞추어 머리에 이고 나가시던 광주리 안에는 어머니가 밤잠을 아껴가며 손수 빚으신 솔잎을 살포시 얹은 하얀 송편이 들어 있었다.

초등학교 입학하기 전, 나는 아침 일찍이 일터로 나가시는 부모님 대신에 집을 지켜야 했고, 형도 학교에 가고 나면 빈집에서 혼자 걷지 못하는 동생을 돌보아야 했다. 집에서 봉양역까지 몇백m 안 되는 멀지 않은 곳에서 어머니가 떡 장사를 하고 계셨지만, 어린 나로선 어머니가 없는 작은 단칸방에서 동생과 보내는 시간이 너무나도 길고 무서웠다.

초등학교에 들어가기 전이었던 나도 어른들의 손길이 필요했던 꼬마였으나, 나는 두 살 아래의 소아마비를 앓는 남동생을 돌봐야 하는 보호자가 되어야 했다.

"형, 나 응가 했어."

몸이 아파 걸을 수 없었던 동생은 방에다 똥오줌을 누었고, 나는 치운다고 치웠지만 학교에서 돌아온 형에게 깨끗이 치우지 않았다며 혼나는 것이 다반사였다. 그럴 때면 나는 형이 학교에서 오기 전 봉양역 앞 공중화장실로 도망가있다가 떡 장사를 마친 엄마 손을 잡고 집에 와야 안심이 되곤 했었다.

하지만 그런 엄한 형과의 합동작전으로 우애를 꽃 피웠던 웃픈 추억도 있다. 먹을 거라곤 꽁보리밥 한 덩이밖에는 없던 가난한 집의 두 형제의 전설! 바로 '엿 세 가락 이야기'이다.

우리 집 건너편에는 고래 등과 같은 기와집이 하나 있었는데, 그 집은 동네에선 '꽤 부자'라고 알려진 집이었다. 그 기와집은 길 건너 신작로 맞은 편에 바로 있어서 드나드는 사람들을 쉽게 볼 수 있었는데, 우리 형제의 관심을 끌었던 사람은 엿장수였다. 아니, 엿장수 아저씨가 아니라 지게 위의 엿판, 그 안에 가지런히 진열된 노란 엿에 관심이 있었다고 말하는 것이 옳을 것이다.

그 당시 엿장수 아저씨는 손수레가 아닌 지게 위에 소쿠리를 올리고 엿판을 올려놓고 집에서 안 쓰는 오래된 고물과 엿을 교환하며 장사를 하셨다. 가난해서 무엇 하나 내다 팔 것이 없던 우리 집과는 달리 그 집은 엿과 바꿀만한 고물이 마치 화수분처럼 끊이지 않았고, 그 집 대문 앞에는 자주 엿장수 아저씨의 엿판 지게가 놓여 있었다.

"야, 형이 망을 봐 줄 테니, 넌 엿 좀 훔쳐 와."

"무서워. 들키면 어떡하라고? 형이 훔쳐 와."

"너는 엿 안 먹고 싶어? 나는 덩치가 있어서 잘 들킨단 말이야."

"나도 먹고는 싶지만…."

"그럼 잔말 말고 형이 시키는 대로 해."

나 역시도 엿장수 아저씨 지게가 건너편 앞집에 서 있을 때면 무한한 상상력으로 소쿠리 위에 놓인 엿을 세며 침을 삼키던 여섯 살짜리 꼬맹이였다. 잠시 망설이며 주저하던 나는 비장한 각오를 하고 창호지 문을 통해 망을 봐 주는 형을 뒷배로 삼아 결국 쪽방 문을 살짝 열고 나섰다.

'홍길동은 어디에 있느냐? 지선경이 나가신다!'

나는 전선을 넘는 군인처럼 최대한 숨을 죽이고 살금살금 포

복작전으로 목표물에 접근한 후 냅다 엿 세 가락을 뽑아 들고
는 뒤도 돌아보지 않고 집을 향해 달렸다. 누우면 닿을 듯한 그
건너편 대문이 왜 그리도 멀리 있는지, 내 발바닥은 어찌 그리
엿가락처럼 달라붙는지. 돌아오는 길은 너무나 길고 험했다.
'나 살려라.' 죽을 힘을 다해 집 안까지 도망쳐 와서야 하늘이
보였고, 훔친 엿 세 가락을 형 앞에 자랑스레 내민 후에야 회심
의 미소를 지었다.

"잘 봤지 형? 나 잘 달리지?"

잠시 후 엿장수가 떠나는 모습을 방문 틈으로 훔쳐보던 우리
형제는 그제야 안도의 한숨을 쉬며 전리품, 엿 세 가락을 사이
좋게 하나씩 나누어 먹었다.

단물만 빨아먹으면 엿가락이 좀 더 오래 갈 거라고 기대하며
아까워 깨물어 먹질 못하고 입안에서 오물거리며 서로의 얼굴
을 바라보던 우리는 그때 행복했었다.

후에 형은 모 신문사에서 개최한 어린이 창작 글 관련 대회에
「엿 세 가락」이라는 제목으로 글을 써서 상장을 받기도 했다.

4. 대동미와 외상 탁구 라켓

보릿고개를 모르는 세대들은 알지 못하겠지만, 나 어릴 적 시골에는 '대동미'라는 동네에서 쌀을 빌려주고 이자를 쌀로 받는 풍습이 있었다. 역사책에 나오는 대동법과 관련된 대동미가 아니라, 동네 사람들이 농사지은 쌀 중에서 일부를 모았다가 가난한 사람들에게 빌려주고 이자를 받는 동네 '계쌀'이었다.

그런데 서로 아는 동네 이웃끼리 빌려주고 빌리기엔 이자가 무려 3부나 되는 제법 비싼 쌀이었지만, 그 풍습이라도 없으면 가난한 사람은 겨울을 나기 힘든 시절이었다. 어쨌든 추운 겨울이 되면 우리 집은 그 동네 쌀을 빌려 끼니를 해결해야만 하는 단골손님이었고, 눈이 내리는 엄동설한에는 아버지 품팔이마저 없었기 때문에 대동미가 아니면 굶어야만 하는 배고픈 겨울이었다.

하지만 동네에서 쌀 한 가마니를 빌리는 것도 쉬운 일은 아니었다. 그 동네 쌀을 빌리려면 동네 사람 두 명의 보증이 필요하였고, 고향이 제천인 아버지는 그나마 친구들이 보증을 서주어 대동미를 빌릴 수 있었다.

대동미와 함께 기억하는 가난한 나의 어린 시절, 가슴 아픈 추억은 외상으로 산 탁구 라켓이다. 1970년대 중반, 이에리사라는 탁구 선수가 유고슬라비아 사라예보 세계대회를 제패하면서 힘없고 가난한 '우리나라에는 우리도 할 수 있다'는 자신감과 함께 전국적으로 탁구 붐이 일어났다.

충북 제천 시골 동네까지도 탁구장이 서너 개씩 생겨났고, 너도나도 탁구를 배우겠다며 합판을 잘라 탁구 라켓을 직접 만들고 짝꿍이랑 함께 쓰는 책상에 줄을 그어 탁구 놀이를 하곤 했다. 내가 다니던 중학교에도 탁구부가 생겼고, 나는 운이 좋게도 탁구부 선수 후보로 선발되어 훈련을 받을 기회를 얻었다. 하지만 150원이나 하는 탁구 라켓을 살 돈이 없었음에도 어렵게 찾아온 기회를 놓치고 싶지 않았던 나는 일단 탁구부에 가입 의사를 밝혔다. 그리고 평소에 나를 귀여워 해주던 학교 앞 문방구 누나를 찾아가서 수일 내에 돈을 갚겠다고 하며 외상으로 라켓을 샀다.

"누나, 우리 엄마가 내일이나 모레쯤 돈 주신대요."

탁구부가 되고 싶었고, 탁구가 너무나도 치고 싶었던 나는 탁구 라켓부터 외상으로 구입하고, 그날부터 부모님의 허락도 없이 산 탁구 라켓 외상금액을 달라고 어머니를 조르기 시작했다. 하지만 외상값을 갚는데는 6개월이 걸렸고 그동안 나는 그 문구점이 마주 보이는 학교 정문으로 다니질 못하고 과수원 후문에 있는 개구멍으로 사람들의 눈길을 피하며 등하교를 했던 마음 아픈 추억이 있다. 참으로 가난했던 우리 집이었다.

5. 취로사업과 형의 만둣국

　　　　　　　내가 고등학교 졸업할 때까지 가난했던 우리 집은 빈곤층을 위한 국가 시책의 일환으로 시행하는 취로사업(지금의 공공근로사업) 대상이었다. 당시 우리 동네에서 주로 하던 취로사업은 삽과 곡괭이로 산을 깎아 도로를 내고 박달재 도로 확장과 벼루 박달재 고갯길을 내는 험한 일이었다.

　평상시에는 부모님이 공사판에 나가셨지만, 중학교 때부터 방학 기간에는 가끔 내가 부모님을 대신해 공사현장에 나가곤 했었다.

　배고팠던 어린 시절 어느 겨울밤, 형의 몫으로 남겨 놓은 만둣국은 정말 맛이 있었다. 어느 날 저녁 어머니는 만둣국을 끓이셨고, 나는 큰 대접으로 한 그릇을 뚝딱 해치웠지만, 그날따라 늦도록 귀가하지 않는 형의 몫으로 남겨둔 만둣국 때문에 잠이 오지 않았다.

　"엄마, 형은 언제 들어온대? 저 만둣국 불면 못 먹는 거 아냐?"

　"아냐, 그래도 좀 더 네 형을 기다려보자…. 그래. 어차피 너무 불어서 형도 못 먹겠네. 네가 먹을래?"

　자정이 될 무렵까지 형이 귀가하지 않자 그 퉁퉁 불은 만둣국은 내 차지가 되었고, 나는 게눈 감추듯 허겁지겁 텅 빈 내

배를 채우고 나서야 잠들 수 있었다. 그날따라 귀가가 늦어지는 형 때문에 어머니의 마음은 근심으로 가득하면서도 철없는 저를 바라보며 안타까워하시던 모습을 나는 지금도 잊을 수 없다.

부모님 앞에서 배고프다는 투정을 부려본 적 없는 나였지만, 어머니의 마음은 자식들을 맘껏 먹이지 못하는 것이 한이 되었을 것이다.

6. 선반 위의 찹쌀떡과 한 번 기운 양말

　　　　　나는 어린 시절을 보내면서 배고픔을 달래는 요령을 나름대로 체득해 적응한 것 같다. 가난한 환경을 극복하기 위해서 내 안에는 처음부터 '생존본능 DNA'가 남들보다 더 발달했는지 모른다. 어린 시절 우리 집에 먹을 것이 없어 배가 고픈 날에는 나는 여러 가지 이유를 만들어 동네 형들과 친구네 집에 찾아가곤 했다.

　어느 날, 친구네 집에 놀러 가 한바탕 오징어 게임을 한 후 친구 어머님이 만드신 찹쌀떡을 하나 얻어먹었는데 어찌나 맛이 있던지! 그 떡이 올려져 있던 선반이 밤새도록 눈앞에 어른거리고, 하얀 가루에 살포시 놓인 찹쌀떡 생각 때문에 도무지 잠이 오질 않는 거다.

　다음 날부터 나는 매일같이 여러 가지 핑계를 만들어 그 친구 집을 찾아갔었다. 선반 위 그 떡이 다 떨어지고 친구가 그만 오라고 할 때까지….

　어릴 적 나는 축구, 야구보다는 집 안에서 즐길 수 있는 장기, 바둑을 더 좋아했다. 그래서 장기 바둑판이 있는 동네 형들 집에서 보내는 시간이 많았다.

　어쩌면 그 집에 가면 우리 집에선 맛볼 수 없는 음식을 얻어

먹을 수 있어서였고, 화롯불에 데운 김치볶음밥이 먹고 싶어
서 장기, 바둑을 더 좋아하게 된 것 같기도 하다.

그 시절, 누구나 손꼽아 기다리는 날은 명절이 아닐까 싶다.
아무리 가난한 집이라도 명절엔 평상시엔 보지 못하던 음식을
먹을 수 있고, 한 끼라도 배불리 먹을 수 있는 넉넉한 날이었기
때문이다. 요즘엔 '설빔'이나 '추석빔'이라는 용어가 어색하겠지
만, 평소에 새 옷을 사는 일이 흔치 않았던 옛날엔 어느 집이든
명절 때 아이들에게 새 양말, 꼬까옷을 사 주고 세뱃돈 주는 것
이 우리나라 풍습이었다.

부모님께서는 없는 살림에도 명절 만큼은 양말 한 켤레라도
사 주셨고, 어떤 명절에는 보따리장수에게 옷값을 여러 번 나
눠 갚겠노라는 약속까지 하시며 자식들 새 옷을 장만해주시곤
하셨다. 하지만 그마저도 어려울 정도로 곤궁했던 명절이 특별
히 생각이 난다. 설날이 다가오던 그 어느 날, 어머니는 한 번
기운 양말을 설빔이라고 건네주셨다.

"선경아, 이 양말은 지금 신지 말고 설날 때 신자."

"네, 어머니. 큰 집에 갈 때 신으면 되지요?"

새 양말도 아닌, 기운 양말을 아들에게 건네는 어머니의 마
음이 어떠하셨을지를 난 순간적으로 알았고, 아무 일도 아니
라는 듯 밝게 대답을 했다.

사실 나는 설을 맞게 된다는 것만으로도 설레고 있었다. 며칠 지나면 인정 많고 마음 따뜻하신 외할머니도, 보고 싶은 친척들도 만나고, 맛있는 음식들도 배불리 먹을 수 있으니까 말이다. 나는 가난했던 그 명절에도 한 번 기운 양말을 가슴에 품고 이제 곧 내 손에 쥐게 될 세뱃돈을 생각하며 설 명절을 기다렸다.

7. 하늘 높이 날던 콘돔 풍선

아버지는 공사판 노동 품팔이를 하면서도 소위 '미장'이라고 불리는 건축 기술을 틈틈이 배워 남의 집을 수리하러 다니셨다. 드디어 집 짓는 기술까지 익힌 아버지는 산 아래 작은 화전민 밭을 평지로 만들고, 언덕 위에 우리 집을 초가집으로 지으셨다.

아버지는 건축 기술자. 우리 가족 모두는 보조로 동원되어 흙벽돌을 만들고 나무를 꺾어 초가삼간을 함께 만들었다. 우리 집이 완성되어 이사하던 날, 어머니는 팥죽을 쑤어 온 동네 사람들을 초대하셨고, 그날은 나의 어린 시절 중 가장 행복했던 날이었다.

새로 이사 간 우리 집 아래에는 '권차석댁'이라 불리는 부잣집이 있었는데, 아마도 동네에서 가장 큰 집이었을 것이다. 기와집에 넓은 마당, 행랑채까지 달린 고래 등 같은 집이었다. 하지만 이젠 나에게도 남의 눈치 안 보고 마음껏 뛰어놀 수 있는 마당 있는 집이 생겼으니 '권차석댁'이 부럽지 않았다. 물론 비교되지 않을 만큼 아주 작은 마당이었지만, 그것은 나에게 문제가 되지 않았다.

어느 날엔가 혼자 놀다 침울해져 있는 나에게 어머니는 쑥스러운 표정을 지으며 장롱 깊숙이 숨겨두었던 작은 봉지를 풍선이라고 꺼내시며 칭얼거리는 나를 달래주셨다. 평소 동네 아이들이 가지고 노는 알록달록한 풍선을 부러워하던 내게 건네신 새로운 장난감은 어느 친구도 가지고 있지 않은 하얀 풍선이었다. 그 우윳빛 풍선은 잘 터지지도 않아서 며칠을 가지고 놀아도 이상이 없었고, 무엇보다 친구들이 가지고 있는 풍선보다 크게 불 수 있어서 신이 났다.

지금 생각하면 동네 어른들은 콘돔인지 알면서도 모르는 척 해 주셨지만, 아랫집 누나들만 언덕 위 우리 작은 집을 쳐다보며 뭔가 수군거린다는 생각을 했다. 하지만 나는 개의치 않았고, 그 풍선이 콘돔이었는지 몰랐던 나는 마냥 즐거웠고, 세상에서 부러울 것이 없었다.

산아 제한이 국가의 중요시책이었던 그 시절, 각 가정에 무료로 나누어주던 하얀 콘돔이 내겐 최고의 장난감이었으니 참 웃픈 이야기다. 어린 시절 나의 소중한 친구였던 콘돔 풍선은, 초가집 작은 마당에서 소년의 꿈을 싣고 날려 보냈던 그 하얀 풍선은 지금 어느 별, 어느 하늘을 멋지게 날아가고 있을까?

8. 바뀐 생일과 진수성찬

새집으로 이사하고 나서 얼마 후에 나는 생일을 맞았다. 그런데 그 다음 날이 아랫집 어르신의 생신이었고, 나는 음력 11월 27일, 어르신의 생신은 11월 28일로 하루 차이가 났다. 아랫집 어르신 생신이 다가오면 우리 동네는 잔칫날 같았다. 동네 사람들 거의 다 모여서 전날부터 떡이며 잡채 등 생일상에 필요한 온갖 음식을 장만했고, 우리 어머니도 그곳에 가셔서 도우셔야 했다.

"어머! 어르신, 우리 아들이랑 생일이 같네요."

"아. 그렇습니까?"

"네네, 우리 선경이도 오늘이 생일인데. 어쩜 이럴 수 있죠? 아래윗집에서."

그 후, 나는 어르신 생일잔치에 늘 함께하였고, 그 동네를 떠나 이사하기 전까지 어르신 큰 상 귀퉁이에 앉아 생일 밥상을 얻어먹었다. 그 진수성찬은 지금까지 받아 본 나의 생일상 중 최고였다. 요즈음 누가 생일잔치에 불러주는 사람도 없지만, 아내와 함께했던 결혼 생활에서도 그런 밥상은 받아본 적이 없다. 내 생일은 그냥 365일 중 하루일 뿐, 지금도 혼밥으로 살고 있으니! 어쨌든 나의 진짜 생일을 도로 찾은 것은 주민등록증을 만든 직후였다.

"어머니, 제 생일이 28일 아니에요? 여기 27일이라고 찍혔는데 틀린 거 다시 해달라고 해야겠죠?"

"음. 선경아, 네 생일은 27일이 맞아. 사실은 엄마가 너 어릴 적에 생일을 챙겨줄 수 없어서 어르신 생일날과 같다고 말한 거야. 이제부터는 네 생일 찾자. 미안해, 아들."

9. 김원일의 마당 깊은 집

　　　　학창 시절, 내가 가장 감명 깊게 읽었던 서적 중 하나는 김원일 작가의『마당 깊은 집』이다. 드라마로도 제작되어 유명해진 이 책은 한국 전쟁 이후 대한민국에서 살아가는 가난한 서민들의 이야기를 담고 있었다.

　'마당 깊은 집'을 요즘 세대들이 상상이나 할 수 있을까? 부엌이 딸린 단칸방 하나가 세 평이 채 되지 않았고, 벽 선반을 나란히 달아 잡동사니 살림을 얹어놓은, 여러 집이 함께 사는 다가구 주택이 마당 깊은 집이다. 부엌 하나, 방 하나만 있는 일곱 가구, 그리고 공동화장실이 하나 있는 좁은 구조의 집, 벽돌 한 장으로 벽체를 만들어 가까이 귀를 대면 옆집 아저씨의 기침 소리가 안방처럼 들리는 허름한 공동 주택에 우리 가족도 이사했다.

　초가삼간이라도 우리 집이 생겼다는 기쁨도 잠깐, 아버지는 건축을 하기 위해 빌렸던 빚을 감당하지 못하고 몇 년 살지도 못한 채 그 집을 팔아야 했기 때문이다.

　그리고 작은 마당 하나에 공동화장실 하나, 공동 펌프 하나를 일곱 가구가 공유하며 살았던 집, 그 일곱 집 중의 하나가 우리 집이 되었다. 술집 다니던 누나, 막노동 다니던 아저씨, 고향을 등지고 뜨내기처럼 이곳저곳을 옮겨 다니는 아줌마, 그렇게 가난한 사람들이 나의 이웃이었다.

"아들아, 저기 고개 넘어 양조장 가서 막걸리 한 되만 받아와라."

일정한 직업이 없이 근근이 하루하루를 보내는 이웃들과 일거리가 없는 날이면 부모님은 대낮부터 술상을 벌이셨고, 학교에서 돌아온 내게 아버지는 종종 술 심부름을 시키셨다.

한 잔의 막걸리로 고된 삶을 달래는 부모님과 가난한 이웃들이 서로 위로하며 나름대로 정을 나누는 모습이었지만, 중학생이었던 난 그곳이 너무 싫었고 창피했다.

10. 트레블러(여행자)를 꿈꾸게 한 수학 여행

　　　　　교복을 입고 학교 다니던 학창 시절에 수학 여행이나 소풍만큼 가슴을 설레게 하는 일이 없을 것이다. 역사책에서 배웠던 유적지를 탐방하고 멋지게 차려입은 사람들이 놀러 오는 유원지에서 공부로 찌들었던 일상을 떨쳐 버릴 수 있으니 말이다.

　하지만 가난한 나에게는 그런 소풍이 마냥 즐겁지만은 않았다. 봄, 가을로 가는 학교 소풍에 도시락을 챙길 수 없었기 때문이다. 더군다나 그 시절은 학급 반장이 담임선생님의 도시락을 책임지는 것이 보통이었는데, 항상 학교 반장이던 나는 한 번도 담임선생님의 도시락을 준비할 수 없었다. 선생님의 도시락은커녕 내 도시락도 챙길 수 없었기 때문에 우리 반은 항상 부잣집 친구 어머니가 그 일을 도맡아 해주었다.

　그래도 내 성격이 언제 어디서든 쉽게 기죽지 않고 낙천적인 편이었기 때문에, 도시락이 없다 하여 소풍을 포기하지는 않았다. 오히려 그날은 친구들의 맛있는 도시락을 맛볼 수 있는 절호의 찬스이며, 친구들 어머니 음식 솜씨를 시음하는 멋진 기회라고 생각했다.

　보물찾기, 노래자랑 등이 끝나고 점심시간이 되면 나는 주위에 서 있는 여린 나뭇가지를 두세 개 부러뜨려 젓가락을 만들고, 친구들 사이사이를 돌아다니며 나만의 만찬을 즐기곤 했다.

다음은 여행자의 삶을 꿈꾸게 한 잊을 수 없는 수학 여행 이야기이다. 나는 초, 중, 고등학교에 다니는 동안 한 번도 수학 여행을 다녀 본 적이 없다.

제천 바로 옆, 영월로 가는 초등학교 수학 여행도 갈 수 없어 아쉬웠지만, 중학교 2학년 때, 수학 여행의 추억은 참 나를 아프게 했다. 수학 여행 시즌이 다가오는 한여름의 무더위가 지나가는 무렵이었다.

"우리 학교도 수학 여행을 준비해야 하는데 어떻게 하면 빠지는 친구들 없이 다 같이 갈 수 있을까? 반장, 한 번 친구들을 모아 의견을 수렴해 보거라."

수학 여행을 준비해야 한다는 담임선생님 이야기에 나는 각 반 반장과 부반장, 분단장을 소집하고 수학 여행에 관한 주제로 회의를 열었다.

"이번 가을에 우리도 수학 여행을 가야 한다는데 언제, 어디로 가는 것이 좋을까? 선생님이 우리가 의견을 모아주면 참고해서 결정하시겠다고 하니 친구들 좋은 생각을 말해주면 선생님께 말씀드릴게.'

"우리 엄마는 늘 돈이 없다고 하시니까 난 못 갈지도 몰라."

"우리 집은 농사일이 바빠서 부모님을 도와야 해."

"나도."

모두 가난했던 그 시절, 수학 여행 시간과 장소보다는 여기 저기서 돈이 없어서 여행을 갈 수 없을 것 같다는 이야기들이 쏟아져 나왔다. 그 당시 시골에서는 몇만 원 안 되는 수학 여행 비용도 큰 부담이었고, 우리 집 역시 예외는 아니었다.

"그렇다면 말이야. 우리 동네 농협에서 누에고치 공판이 끝 난 후 수학 여행을 가는 것은 어떨까?"

그 당시 시골에선 농사짓는 일 외에 누에를 키우는 집들이 꽤 있었고, 누에고치를 수확할 시기에는 인심도 가장 넉넉했기 에 당장 돈이 없더라도 여행경비를 빌리기 쉬웠다. 누에고치는 양잠뿐 아니라 약으로 쓰이거나, 번데기 판매로 부수입을 올릴 수 있어서 농가 부업으로 최고 인기가 높았던 농사일이었다.

"선경아, 그것참 좋은 생각이다."

"맞아, 우리 집도 누에를 키우고 있어. 우리 작은 집도."

"동감!"

"선경아, 누에 공판은 언제쯤 되는데?"

"그건 내가 알아볼게."

여러 가지 이야기를 주고받은 후, 나는 농협으로 달려가 누에

고치 출하 시기를 확인하고, 선생님께 수학 여행의 적당한 시기는 공판이 끝난 후 하면 좋을 거라는 말씀을 드렸다. 그 후 친구들은 각자 부모님의 농사를 도우며 차근차근 여행 준비를 했고, 만나면 아름다운 날, 우리들의 세상, 수학 여행 이야기로 꽃을 피우곤 했다. 내가 모든 회의를 주관하고 직접 몸으로 뛰면서 수학 여행을 준비했기에 나는 여행에 대한 기대와 설렘이 더욱 간절했다.

하지만 수학 여행 날짜가 얼마 남지 않은 어느 날 저녁, 마당 깊은 집에서 밥상을 펼쳐놓고 밀린 숙제에 열중하고 있을 때 문밖에서 떠들썩한 소리가 들려 왔다.

"왜 이자를 안 주는 거야?"

"미안해요. 요즘 바깥양반 노가다 일거리가 없어서요."

"아니! 준다고 한 지가 언젠데 또 다음에 준대? 그다음이 언젠데?"

"죄송합니다. 돈 들어오는 대로 드릴 테니까 조금만 더 기다려주세요."

그 아주머니는 어머니가 급할 때마다 돈을 빌려주는 역전에서 식당을 운영하는 아주머니였고, 평상시엔 어머니와도 친한 이웃이었지만, 이자를 받는 날이면 사나운 사채업자로 변하시는 분이었다. 그 아주머니는 한 달에 한 번씩 우리 집에 찾아와

3부 이자를 받아갔고, 어쩌다 이자를 못 받으면 왜 안 주냐며 고래고래 소리를 지르는, 덩치가 산만큼 큰 식당 주인이었다. 그 아주머니 앞에서 연신 죄지은 사람마냥 굽신거리는 초라한 어머니의 모습을 보면서 나는 공부하던 밥상을 걷어차고 밖으로 뛰쳐나갔다. '꼭 나는 성공할 거라고, 그까짓 거 수학 여행 안 가면 어떠냐고….' 어머니, 조금만 참아주세요. 아들이 있잖아요, 꼭 성공해서 보답할게요. 아, 불쌍한 우리 어머니….

"어머니, 내일 저 학교 안 가요."

"왜? 무슨 일 있냐?"

"그냥, 학교 무슨 기념일이래요."

차마 어머니에게 수학 여행 보내 달라는 말을 꺼낼 수 없었던 나는 친구들이 여행 가방을 챙기고 있을 때 어머니에게 거짓말을 했다.

"그래? 잘됐네. 그럼 엄마랑 내일은 석탄 캐러 가자."

그 시절 농촌의 거의 모든 집이 나무를 베어 땔감으로 사용할 때였지만, 마당 깊은 우리 집은 연탄(?)을 직접 만들어 겨울을 나곤 했다. 태백선과 중앙선, 충북선의 교착지였던 나의 고향 제천은 화물 열차들이 석탄을 가득 싣고 전국으로 운송되는 교통의 분기점이었다. 그런데 석탄을 가득 실은 화물열차가 제천에서 봉양으로 진입하려면 철교를 하나 건너 교차선로를 통과해야 하는데, 그때 기차가 서서히 브레이크를 잡으면 석탄 가루가 선로에 나뭇잎처럼 우수수 떨어지는 것이었다.

국가도 가난했던 그 시절, 산업의 동력이 되던 석탄을 운반하는 화물 열차들도 환경을 보호하기 위한 포장이나 안전장치는 충분하지 않았다. 하지만 선로 주변에 떨어지는 석탄가루는 역전 주변에 사는 가난한 이들에게 겨울을 나게 하는 훌륭한 난방 재료가 되어 주었다.

1년 내내 떨어진 그 석탄가루는 역 앞 가난한 사람들이 호미로 긁어모아 마당 깊은 집 작은 마당으로 싣고 와 진흙과 섞어 나무망치로 두드려주면 훌륭한 사제연탄으로 다시 태어나는 것이었다.

드디어 노마드 인생, 여행자로 사는 것을 꿈꾸게 한 수학 여행 날이 밝았다. 하지만 나는 어머니와 함께 아침 일찍 일어나 시냇물을 가로질러 드러누운 기차 다리가 끝나는, 석탄이 많이 쌓인 지점을 향해 터벅터벅 걸어갔다. 두 손엔 호미와 양동이를 들고…. 석탄 먼지가 쌓인 선로에 앉아 호미질을 시작할 때 형언할 수 없는 슬픔이 가슴을 메게 했지만, 아무런 말도 하지 못하는 내 마음을 땅속 깊이 묻어가며 석탄 가루를 모아 놓은 지 1시간 정도가 지날 때였다.

앳된 얼굴은 까만 얼룩무늬로 화장하고 나의 목구멍은 입안으로 들어오는 반갑지 않은 석탄가루와 씨름하고 있을 때, 저 멀리서 재잘거리며 플랫폼으로 들어오는 낯익은 친구들이 보였다.

어떤 친구는 흑백 카메라를 어깨에 메고, 또 다른 친구는 고깔모자로 한껏 멋을 부리고…. 웃고 떠들며 나오는 친구들이 내 눈에는 마치 행사장을 찾는 연예인들 같았다. 나는 순간 참았던 눈물이 석탄가루와 뒤범벅이 되어 먼 산을 바라보았고, 어디라도 숨고 싶었지만 횡횡한 기차 레일 위에 숨을 곳이란 없었다.

몇 분이 지나면 내 친구들이 석탄을 캐고 있는 나를 손가락질하며 물끄러미 응시한 채 무심한 수학 여행 열차를 타고 내 앞을 지나갈 것이다.

"어머니, 나 이제 그만할래요!"

"뭐야? 아들아, 일하다 말고 왜 그래? 엄마 혼자서 어떻게 하라고."

나는 들고 있던 호미를 집어 던지고는 빠른 걸음으로 도망치듯 역을 돌아 마당 깊은 집으로 돌아왔다. 무어라 표현할 수 없는 설움이 북받쳐 올랐고, 어느새 두 볼엔 뜨거운 눈물이 흘러내렸다. 내가 선택한 가난도 아닌데, 우리 집은 왜 항상 그런 거야? 우리는 언제까지 이렇게 살아야 하는 거지? 하지만 부모님에 대한 원망도 잠시, 혼자 석탄을 캐고 계실 불쌍한 어머니 모습이 아른거려 더는 앉아 있을 순 없었다.

어쨌든 엄동설한의 추운 겨울, 내가 만든 사제연탄은 대동미만큼이나 우리 집의 제일 소중한 재산이었다. 그날 저녁, 어머니는 나에게 평소엔 먹지 못하는 닭개장으로 외식을 시켜주셨다. 아들의 첫 반항에 크게 당황하셨겠지만, 그날이 수학 여행 가는 날이었던 걸 나중에 아신 어머니는 내게 미안하다 하시며 눈가엔 눈물을 보이셨다.

가난 때문에, 자식 때문에 보이지 않는 곳에서 수없이 많은 눈물을 흘리셨을 부모님을 생각하면 나는 지금도 어머니께 너무 죄송하다. 가난해서 불행하다고 생각하지는 않았지만, 어쨌든 가난은 내게 너무 아팠다.

중학교 2학년 봄소풍때 이은하의 최진사댁 셋째 딸 노래를 부르며

제2장

아르바이트로 시작한 재수 생활과 대학 중퇴

1. 학원 기도 생활과 나의 방황기

초·중학교를 졸업하고 고등 학교에 입학했지만, 그때가 내 겐 사춘기 시절이었던 것 같 다. 세상을 향한 나의 반항은 등교를 소홀히 하며 선생님을 힘들게 했고, 큰 노력을 하지 않아도 우등생으로 졸업한 이력이 학교 수업을 등한시하 는 나태함으로 이어졌다.

또래 친구들이 흔히들 가지고 있는 변변한 참고서 하나 없던 나는 수업시간에 배우지도 않은 내용이『성문종합영어』,『수학 의 정석』에서 그대로 베껴 시험문제에 나오면 더욱 학교 수업에 관심이 없어졌다. 이미 참고서를 풀어본 친구들은 식은 죽 먹듯 정답을 썼고, 그럴수록 나는 학교 수업에 흥미를 잃어갔다.

나는 그때 시험의 결과가 나의 노력이 부족해서가 아니라, 참고서를 살 수 없는 가난한 형편 때문에 부당한 차별을 받은 것이라고 생각하기도 했다. 참고서가 필요하다고 부모님에게 말도 못하는 내가 싫었고, 그렇다고 참고서를 사 주지 못하는 부모님을 원망하기엔 우리 집은 너무 가난했다.

결석하는 날이 많았고 지각하기는 일쑤였으니, 우등상은커녕 개근상도 못 받은 나의 고교생활은 졸업할 때 초라한 대학 예비고사 성적이 모든 걸 대변해주었다.

"아버지, 저 재수하겠습니다."

"네가 무슨 돈으로 재수를 한다는 말이야? 학비 싼 지방대를 지원하고 장학제도를 알아보거라."

"걱정하지 마세요. 제가 생활비 벌면서 재수하겠습니다. 지방대는 가기 싫어요."

나는 그때 형편없는 예비고사 성적은 실력 없는 선생님 때문이라고 억지 핑계를 대고 참고서 저자들이 강의하는 서울 유명학원에서 수강할 수 있다면 꿈꾸던 대학은 내게 무난한 일이라고 믿었다.

누구나가 그렇겠지만, 대한민국을 리드하는 한국 최고의 대학 서울대에 입학하여 성공을 보장받고 싶었고, 한 번은 내게 더 기회를 주어야 한다는 생각에 재수를 결정했다. 하지만 울고 넘는 박달재, 시골에서도 셋방살이를 전전했던 가난한 우리 집 형편에 서울에서의 학원생활은 처음부터 감당하기 힘든 현실이었다. 하지만 목표가 있었기에, 내가 내린 결정이기에 모든 것을 내 손으로 이루어보겠다는 당찬 꿈을 안고 나는 무작정 서울행 완행열차에 올라탔다.

가진 것은 없어도 꿈만은 야무졌던 나는 서울 여기저기 돌아다니며 수소문 끝에 찾아낸 학원은 EMI 대영학원이었다. 종로학원, 대성학원과 함께 재수생 사이에서 인기가 높은 학원이었고, 국어에 서한샘, 영어에 최사정, 수학에 유창한 선생님 등 유명한 강사진이 많은 한국 최고의 단과 학원이었다. 나는 학원 앞뒤를 살펴보고 광고용 공개 강의를 듣다가 입시학원에는 가난한 재수생을 위한 특별한 아르바이트가 있음을 발견했다.

호기롭게 찾아간 학원에서는 마침 기도생을 뽑고 있었고, 그 일은 학원강의를 무료로 듣는 조건으로 수업이 끝나면 칠판을 닦으며 수업 준비를 돕는 아르바이트였다. 그렇게 나는 EMI 학원에서 칠판 닦기를 하며 무료로 국어, 영어와 수학 과목을 들을 수 있었고, 가끔 대학 캠퍼스를 찾아다니며 내일의 꿈을 키워 나갔다.

하지만 그 당시 내게 가장 시급한 것은 먹고 자는 일이었다. 나는 서울에 살고 있는 여러 친척 집을 생각하면서 서대문 공원 벤치에서 한참을 망설이다가 노량진에서 살고 계시는 막내 외삼촌을 찾아갔다.

"삼촌, 제가 재수하는 몇 달 동안만 여기서 있게 해주세요, 죄송합니다."

"죄송하다니 무슨 말이냐? 편하진 않겠지만 그래도 어려워하지 말고 최선을 다해 보거라."

좁디좁은 단칸방에서 외할머니를 모시고 살던 외삼촌은 시골에서 올라온 조카를 안타까움으로 받아 주셨고, 그렇게 나는 노량진과 아현동 고개를 오가며 재수 생활을 시작했다. 외할머니는 스스로 학원비를 해결하며 공부하는 외손자를 대견해 하셨고, 때 늦은 저녁에도 저를 위해 분홍빛 보자기 씌워진 작은 밥상을 치우지 않으셨다. 손자 노래가 듣고 싶어 청하기도 하시고, 당신 지나간 옛날 노래도 들려주시며 한 맺힌 가정사의 이야기도 마음 아프게 들려주시기도 했다.

근처에 사셨던 이모는 자주 놀러 와 할머니의 말벗이 되어 주셨고, 맛있는 음식이라도 생기면 바리바리 싸 들고 오셔서 할머니와 동생인 삼촌을 챙기셨다. 재수하면서 어떤 날은 버스비를 아끼려고 학원이 있는 아현동 고개에서 제1 한강교를 지나 노량진까지 걸어온 적도 많았다.

어느 날, 평소같이 나는 할머니가 정성스레 차려주신 밥 한 그릇을 뚝딱 비우고 피곤해서 잠이 들려고 할 때 할머니와 이모가 내 잠자리 머리맡에서 내 이야기를 하시는 거였다.

"에미야, 돈 좀 있냐?"

"엄마, 돈 필요해요? 얼마나?"

"선경이가 밑창 뚫어진 운동화를 신고 다닌 지가 꽤 오래된 것 같은데, 내가 지금 돈이 없어서…. 맨날 양말이 까매져서 들어오고, 비 오는 날엔 다 젖어 있더라."

"그랬어요, 엄마? 선경이가 재수하느라고 고생이 많구나."

잠결에 어렴풋이 들려오는 나의 이야기에 괜한 죄송한 마음에 일어날 수도 없었고, 두 분이 말씀을 나누고 마치는 동안 여러 가지 생각을 하며 잠이 든 척 숨을 죽이고 있어야 했다. 한동안 할머니와 이런저런 이야기들을 나누시던 이모는 돌아갈 채비를 하시는 것 같았지만 멋쩍어 일어날 수 없을 때 이불 속으로 뭔가 쑥 들어오는 게 아닌가! 이모의 고운 손이었다. 이모는 내 손을 끌어당겨 손안에 돈 5천 원을 쥐여주곤 내가 잠들지 못하고 있다는 것을 아시면서도 내가 미안해할까 봐 모르는 척하시면서 집으로 돌아가셨다.

시골 촌놈의 서울 생활은 의기 충만했지만, 어느 것 하나 만만한 것이 없었고, 화려한 서울의 네온사인에 나는 가끔 주눅이 들어 실의에 빠지기도 했다. 칠판 닦기로 아르바이트까지 하며 재수 생활을 하더라도 미래는 불투명한 것, 그냥 우리 집 형편에 맞게 대학입시를 포기하고 잠시 현실과 타협하려 할 때도 있었다.

서대문 공원 벤치에 앉아 빌딩의 마천루를 바라보며 체념의 무거운 한숨을 돌리던 어느 날, 누군가가 버리고 간 구겨진 신문지 한 장에 구인광고가 나의 눈에 번쩍 들어왔다.

＊사 원 모 집＊

나이: 만 19세 이상
학력: 고 졸
업무: 경 비
서류: 졸업증명서, 생활기록부
＊주식회사 대우＊

"대우? 주식회사 대우라?"

그때만 해도 대우라면 현대, 삼성과 함께 대한민국 3대 기업 중 하나였고, 김우중 그룹 회장의 성공신화는 대한민국 모든 청년에게 희망이 되어 있었다. 그래! 경비직이면 어떠냐? 대기업에 입사하는 건데. 중소기업보다는 급여가 많을 테고, 취업하게 되면 이 지긋지긋한 가난에서 바로 탈출할 수 있고, 먹고

사는 데는 문제가 없지 않은가?

나는 구겨진 신문지를 곱게 펴 가방에 넣고 바로 고향 제천으로 달려가 모교 서무실에서 입사에 필요하다는 졸업증명서와 생활기록부를 발급받았다.

"성적은 우수하나 나태로 인한 지각 결석이 잦음."

학교를 포기하고 싶을 만큼 가난했던 가정환경과 반항적 행동으로 수업을 소홀히 하고 수업을 등한시했던 고교생활이 아주 명확한 한 줄로 기록되어 있었다. 이런 한 줄 기록은 나를 지금까지 꾸짖으시는 선생님의 말씀이라 생각했지만 그때는 이해할 수 없었고, 지난 고교 시절의 회한도 있었지만, 내가 만든 학창 시절이었기에 나는 취업을 포기하고 다시 대학입시를 준비해야 했다. 하지만 지금 돌아보면 그때 현실과 타협하려 했던 나를 막아준 생활기록부가 고맙다.

누구나 갈 수 있는 그 길이면 다시 한번 생각하고, 모험을 두려워하지 않으며, 현실에 안주하려 하지 말고, 높이 나는 새가 되어 멀리 날아보라고…. 세상은 넓으니까. 어쨌든 고등학교 생활기록부는 퇴로가 없는 배수진이 되어 나를 응원했고, 나는 언제나 앞을 바라보며 도전하고 모험하는 새로운 내 모습을 만들어갔다.

2. 한국 외대 서반어학과 입학

어쨌든 시골 촌놈이 서울에 올라와 재수 생활을 하면서 열심히 공부한 덕에 나는 그해 대학입시 예비고사에서 30~40점 더 오른 성적표를 받을 수 있었다. 어릴 적부터 선망하던 서울대는 들어갈 수 없었지만, 세계 각국 언어를 전공하고 공부할 수 있는 한국 외국어대학교 서반어학과에 입학한 것이다.

당시만 해도 서반어학과(스페인어)라고 하면 '그게 뭐야? 어느 나라 언어야?'라고 물을 정도로 대중들에게 알려지지 않았지만, 나는 그 점이 오히려 외대를 선택한 이유가 되었다. 새로운 것은 두려움과 거부감도 있지만 설렘과 다소의 긴장감이 나를 더 발전시킨다는 믿음이 있기에, 한때 세계를 지배했던 스페인이란 나라와 서반어를 사용하는 중남미는 나를 흥분시키기에 충분했다.

『이상한 나라의 앨리스』의 한 대목이 생각난다. 앨리스가 여우에게 어디로 가야 하는지 묻는다.

"내가 어디로 가야 할까?"

"지도만 보면 뭐하니? 어차피 남들이 만들어 놓은 지도에는 네가 가고 싶은 길은 없을 텐데 말이야."

중학 시절, 나를 귀여워 해주던 도덕 선생님이 하셨던 말씀이 다른 대학에 거의 없는 서반어과라는 나의 진로를 선택하는 데 도움이 된 것 같다.

"선경아, 남들이 안 하는 걸 해 봐. 남들이 다 가는 법대나 상대, 그런 흔한 학과보다는 아직 남들이 관심을 갖진 않지만, 전망이 무궁무진한 그 길을 먼저 도전하고 개척해보렴. 넌 그렇게 할 수 있는 아이잖아?"

어쨌든 나는 서울에서도 변두리 이문동, 미네르바라는 작은 캠퍼스만 있는 단과대학 한국외국어대에 입학하였고, 나름의 자부심으로 학교 배지를 자랑스럽게 달고 다니며 대학 생활을 시작했다.

나는 대학 생활을 시작한 후 5공화국 초, 정부에서 사교육 근절 차원으로 과외 금지 조치를 발표하기 전까지 나는 짧게나마 과외 교사 아르바이트를 했었다. 그 당시에는 과외를 원하는 대학생들은 자신의 이력을 나타내는 홍보지를 전봇대나 벽에 붙여 과외받을 학생을 구하는 것이 일반적이었다.

하지만 나는 입학식이 끝난 후, 근처에 전화 받을 하숙집도 없고 무작정 기다리는 것이 싫어 부유한 자제들이 많이 다닌다는 우리 학교랑 가까운 경희대 부설 사립초등학교를 찾아갔다.

"안녕하십니까! 저는 외대 1학년 서반어학과 재학 중인 지선경이라는 학생입니다. 영어, 수학 과외받을 학생 있으면 추천해

주세요. 교감 선생님."

"어허~, 이 친구 배짱이 보통이 아니구만! 6학년 선생님 중 추천해 줄 학생 있으면 이 대학생하고 면담 좀 해 봐요."

사교육 절감이라는 국가 교육 정책이었지만 나처럼 가난한 학생에게 과외 금지는 날벼락이었고, 학비를 벌기 위한 나의 아르바이트 전쟁은 그때부터 시작되었다.

청춘과 낭만을 좇던 대학 시절의 꽃은 뭐니 뭐니해도 일 학년 초에 이루어지는 단체 미팅이 아닐까 생각한다.

"기다려 봐. 내가 경희대 미대생들과 우리 과 미팅을 책임지고 주선해볼 테니."

보통 첫 미팅은 같은 과 2학년 선배들이 후배 사랑하는 마음으로 주선하지만, 충천한 자신감으로 대학 생활을 시작한 나는 동기들에게 큰소리를 치고 과 대표를 데리고 경희대 캠퍼스에 올라 작전 개시에 들어갔다. 좀 앳돼 보이는 경희대 여학생들을 매의 눈으로 1차 스캔을 하고, 괜찮다 싶으면 소리 없는 추적작전을 펼친 후, 기회를 틈타 자랑스러운 외대생임을 고백하고 검거작전으로 들어가는 것이다.

그러고는 사르트르의 실존주의, 에릭 샤갈의 러브스토리, 톨스토이의 부활을 그럴듯하게 읊조리며 우리가 왜 만나야 하는지를 구구절절 설명한다. 대부분 이상한 놈들이라고 웃으며 비켜 갔지만 몇 번의 실패 끝에 무모한 돈키호테의 가상한 용기를 가진 멋진 놈들이라고 인정하는 마음씨 고운 2학년 경희대 미대생들 만날 수 있었다.

"호호, 우리는 2학년이에요. 하지만 우리도 과 후배들 미팅 때문에 걱정하고 있었는데 잘됐네요. 좋은 소식 기다리세요."

그렇게 이벤트 행사처럼 이루어지는 대학 미팅은 동기들에게 약속했던 대로 경희대학교 미대생들과 이루어졌고, 나는 영웅이 되었다.

미팅 장소, 경희대학교 앞 G다방. 지금은 기억도 희미해진 추억의 장소이지만, 그때는 외대, 경희대 학생들이 자주 찾는 커피숍이었다. 양쪽 참가 인원을 20명으로 제한하고 자격 기준을 '재수를 한 번 경험한 입학생'이라 했지만, 신청자들이 몰려들어 이산가족 찾기는 대성황을 이루었다.

나는 미팅 주선자였기에 자연스럽게 사회를 보게 되었고, 설렘과 흥분의 어수선했던 G다방의 분위기를 정돈하면서 꿈에 그리던 짝 찾기 행사를 가족 같은 분위기로 만들어갔다. 초등학교 입학 때부터 줄 반장을 도맡아 했고, 친구들 앞에 나서기를 좋아하며, 가끔 열리던 학급회의에서 사회를 보았던 경험이 한몫했을 것이다.

본격적으로 파트너를 정하는 시간이 되어 우리는, 아니 남학생들은 본인의 소지품을 꺼내고 여학생들이 눈길이 가는 소지품들을 선택하면 짝이 이루어지는 대학 미팅의 고전 이벤트가 진행되었다.

모든 것을 운명에 맡기면서도 천사 같은 여학생이 나의 때 묻은 손수건을 집어 들기를 기도하며, 아군과 적군을 찾아내는 살벌한 눈치싸움은 한동안 이어졌다. 하지만 행운의 여신은 아쉽게도 우리 과 15명 중 과대표와 나, 두 명만이 에프터 신청을 받도록 허락했다. 그렇게 첫 미팅을 통해 커플이 된 그녀와 나는 경희대 동산에서 자주 만나 청춘을 이야기하고 실존을 고민하며 낭만을 나누곤 했다.

경희대 미대가 있는 캠퍼스는 미술을 배우는 곳이라 그런지 아담한 정자도 있고 운치가 있는 곳이 많아 데이트하기가 좋았던 것으로 기억된다. 가난한 청춘이었던 나의 데이트 복장은 청바지와 청재킷, 그리고 형에게 물려받은 군용 워커였는데, 그녀의 친구들은 항상 같은 복장으로 경희대 캠퍼스를 찾아오던 나를 보면 내 이름 대신 청바지 온다며 놀리곤 했었다.

그녀는 아마도 부산 지역에서 유명했던 중견 그룹의 부잣집 딸이 아니었을까 싶다. 학교 수업이 없는 주말이 되면 그녀는 항상 비행기를 타고 부산에 내려갔고, 검은 세단을 몰고 온 운전기사가 학교 캠퍼스 안까지 들어와 그녀를 데리고 갔으니 말이다.

"선경 씨, 이번 주말에 부산 집에 내려 갔더니 난리가 났어요."

"왜? 집에 무슨 일이 있었나요?"

"그건 아니구요, 호호."

귀하게 자란 외동딸이 서울에 있는 대학에 입학하고 첫 미팅에서 호감을 느끼는 남자친구를 만났다고 하니 그녀의 부모님과 형제 친척들이 한두 번 만난 나를 보여달라 성화를 부렸다는 것이었다.

하지만 나는 그들이 상상하고 있는 부유한 가정환경에서 자란 대학생이 아니었고, 흔히들 가는 경양식집에도 한 번 갈 수 없었던 가난한 시골뜨기 청년이었다. 내가 할 수 있었던 것은 학교 캠퍼스와 허름한 포장마차를 오가며 싸구려 막걸리를 마시고 되지 않는 실존과 개똥철학을 이야기하며, 불투명한 나의 미래를 설득하는 것이 데이트의 전부였다.

하지만 처음에는 호기심으로, 특별함으로 나의 이야기를 경청하고 웃어주던 그녀의 관심은 얼마 지나지 않아 이내 싸늘한 미소로 우리의 짧은 만남을 대신했다. 나의 대학 미팅은 순수와 낭만으로 상징되는 캠퍼스에서도 자본주의 이념은 살아있고, 같은 대학생이었지만 집안의 환경에 따라서 이방인들의 만남이 될 수 있다는 진리를 깨닫게 해준 쓸쓸한 첫 경험이었다.

3. 짧게 끝난 나의 대학 생활과 중퇴

       화려한 유니폼과 테니스 라켓을 든 친구들이 부러웠고, 거북선 담배를 입에 물고 당구대 위에 멋진 폼을 짓는 내 또래의 청년들에게 질투와 시기도 있었지만, 나는 나만의 성이 있었다.

  그때 나는 사르트르의 실존주의 철학에 심취하고, 중국에 맞선 고구려의 기개를 흠모하며, 장자와 노자의 가르침에 삶의 진정한 가치를 고민하는 대학생이었다. 그러나 나는 이상과 괴리된 현실 앞에서 수없이 주저앉을 때가 많았고, 생존의 본능 앞에 맥없이 타협하며 실존과 본질 사이에서 방황하던 시기였다.

  "선경아, 라면 먹으러 가자."

  "라면? 난 라면 안 좋아하는데, 그냥 너희들끼리 가."

  "그래도 같이 가지. 다른 거 먹으면 되잖아."

  "아냐. 나는 도시락 싸 왔어."

  수업이 끝나거나 점심시간이 되면 나의 가난한 사정을 모르는 친구들은 내게 종종 식사를 함께하자고 권했지만, 그 시절 라면 한 그릇 값 230원은 내겐 이틀 치가 넘는 점심값이었다. 그래서 나는 친구들에게 선의의 거짓말을 하고 무리를 이탈해, 학교 후문 포장마차에서 백 원 하는 호떡 4개로 허기진 배를 달래며 원치 않는 외톨이가 되어야 했다.

1980년대의 봄, 박정희 대통령이 불의의 사고로 서거하시고 전두환 보안사령관이 언론에 오르내리면서 대학생을 중심으로 한 수많은 젊은이들은 독재 타도를 외치며 길거리로 뛰쳐나오기 시작했다. 대학은 교정 안팎으로도 가득한 데모 행렬과 최루탄 때문에 개강과 휴강을 수없이 반복했고, 민주화에 대한 열망은 많은 젊은이를 학문의 배움보다는 사상과 이념으로 내몰았다.

재수하며 어렵게 들어온 대학이었지만, 나의 캠퍼스 낭만과 배움은 수업 한번 제대로 받지 못하고 그렇게 조국의 민주화를 위해 최루탄의 연기 속으로 날아가 버렸다. 그래서 나는 2학기 등록을 다시 하는 것보다 군대를 가기로 결정했다. 불안정한 사회환경 때문이기도 했지만, 당장 2학기 등록금을 마련하는 것이 힘들고 마땅한 거처가 없었기 때문에 군 복무를 먼저 하는 것이 순리라고 생각했기 때문이다. 전역할 때면 우리 집안도 형편이 좀 나아질 거라는 기대도 있었고, 데모로 얼룩진 세상도 안정되어 있으면 아르바이트도 구하기 쉬워 무난히 대학을 다닐 수 있다는 판단이었다.

하지만 원래 나의 바람은 군사훈련과 학업을 병행하는 학군단에 지원하여 국가에서 학비를 보조받으며 대학을 다니고, 졸업하면 바로 장교로 임관하여 군 생활을 하는 것이 꿈이었다. 어쨌든 나는 빡빡머리를 깎고 의정부에서 훈련을 마친 후, 경기도 파주시 적성면에 있는 육군 포병 부대에 배치를 받았고, 부대 인사과에서 행정병으로 복무하게 되었다.

그리고 일병 때부터 인사과의 최고참이 되어 장교계, 사병계, 병력계, 경리계 등 모든 인사 부서를 총괄하는 부대 핵심 사병으로 인정받았다.

물론, 군 복무 중 부당한 명령에 순종하지 않는 반항 기질과 엉뚱한 돌발행동 때문에 영창대기도 두 번이나 했지만, 3년간 나의 국방부 시계는 아무 탈 없이 돌아 무사히 제대할 수 있었다.

우리 부대는 경기도 파주 감악산 기슭에 위치하며 서부 전선을 지키는 전방사단이었는데, 겨울이면 영하 15도 아래로 내려가는 날이 많았다.

동계훈련을 나가서 군막을 치고, 아침에 일어나면 훈련으로 땀에 젖은 전투화가 딱딱하게 얼어붙어 녹이지 않으면 발이 들어가지 않을 정도로 추운 곳이었다. 추위 때문에 며칠 동안 짧은 까까머리를 감지 못하다가 이내 가려워 참을 수 없게 되면 산 아래 도랑으로 도망치듯 달려가 살얼음을 깨고 머리를 감던 기억이 지금도 생생하다. 감자마자 순식간에 머리카락마다

깨알 같은 얼음들이 수없이 만들어졌고, 또다시 얼어 터질 것 같은 머리를 감싸 쥐고 내무반까지 단숨에 뛰어 들어왔던 추억…. 이내 젖은 머리카락을 난로 위에서 툭툭 털면 이미 얼어버린 작은 고드름들은 '타닥타닥' 콩 볶는 소리로 내며 고향 떠난 병사의 추위를 위로하던 동계훈련이었다.

아무튼, 3년의 군 복무를 마친 후 사회에 복귀했지만, 가정형편은 나아진 것이 없었고, 복학을 준비하며 겪어야 하는 상황은 변함없이 힘들고 막막했다. 하지만 군 복무 3년 동안 나를 기다려준 여자친구가 몇 달 치의 급여를 모아 등록금으로 건네주어 나는 복학을 할 수 있었다. 등록금은 여자친구의 헌신으로 인해 해결하였지만, 숙식 문제로 고민하고 있을 때 춘천에서 근무하고 있던 형이 서울로 근무지를 옮긴다는 소식을 접하게 되면서 복학은 순조롭게 진행되었다.

형의 집에서 최소한 잠자리와 끼니를 해결할 수 있다면 어떻게든 다음 학비는 내 힘으로 벌어 학업을 유지해 나갈 수 있었기 때문이다. 물론, 잠실 거여동부터 이문동 외대까지의 거리는 다소 멀긴 했지만, 서울에서 숙식만 해결된다면 교통문제는 아주 사소한 일이었다. 하지만 오랜 시간이 지나지 않아 그런 계획은 나 혼자만의 꿈이 되었고, 가난한 형제에게 상처만 주는 아픈 추억이 되었다.

4. 무제

"삼촌, 얘기 좀 해요."

"네, 형수님. 무슨 일이세요?"

형의 집에서 살게 된 지 얼마 되지 않았던 어느 날 아침이었다.

형이 출근하고 난 후, 형이 먹고 남긴 자리에 앉아 식탁보를 열고 식은 밥을 먹으려 할 때 안방에 있던 형수가 쫓아 나와 이야기를 건네왔다.

"삼촌, 있잖아요. 부사관 집들도 자식들 학원을 몇 개씩 보내는데, 우리 집은 간부이면서도 생활이 그들만 못한 것 같아요."

"…"

"삼촌이 우리 집 오고 나서 생활비가 한 달에 몇만 원은 더 들어가는 것 같아요. 애들 학원 하나 더 보내고 싶으니 삼촌이 나가 주었으면 좋겠어요."

생각지도 않았던 형수의 이야기를 듣는 순간, 찬밥이 목에 걸리고 총알 맞은 것처럼 멍하니 기운이 빠지고 어느새 참으려는 눈물만 고였다.

"형수님, 이 말씀은 형이랑 이야기하신 거예요?"

"형 생각은 잘 모르겠지만 내 생각은 이래요."

형수는 다소 머뭇거리며 미안한 듯 대답을 했지만, 더 이상은

이 집에 살 수 없다는 것이 이미 현실이 되었음을 받아들여야 했다. 바로 숟가락을 내려놓고 뒷모습을 보이기 싫어 도망치듯 현관문을 나섰지만, 나를 반기는 것은 놀이터의 허름한 의자와 쓸쓸한 가을바람뿐이었다.

'이제 나는 어디로 가야 하는가? 대학은 계속 다닐 수 있을까…?'막막한 생각들이 겹겹이 나를 눌렀고, 이정표를 잃고 갈 곳이 없는 발아래에는 가을 낙엽만이 쌓이고 있었다.

난 하루 종일 이곳저곳을 알아보며 길거리를 방황하다 저녁 늦게 집으로 들어오니 이미 형은 퇴근 후 TV를 보며 형수랑 담소를 나누고 있었다. 나는 형을 보자 나도 모르게 온종일 나를 혼란하게 하던 서러움이 복받쳐 오르고, 형의 생각은 다를 거라는 기대와 함께 우린 형제라는 것을 형수 앞에서 확인하고 싶었다.

"형, 나 꼭 이 집에서 나가야 하는 거야? 그래야 조카 학원을 보낼 수 있는 거야?"

"네 형수가 뭐라고 했는데?"

난 아침에 형수가 했던 이야기를 형에게 일러바치듯 이야기하며 어떻게 하든 형이 형수를 설득해주기를 기대했다. 가난하지만 우리 형제는 이렇게 살았고, 하나뿐인 남동생, 나가면 갈 곳 없을 텐데, 동생을 내보내면 본인이 더 힘들다든지….

하지만 거실에서 희미하게 들려오는 형 부부의 대화를 듣던 중, 며칠 전 형이 스쳐 지나가며 내게 던졌던 말이 불현듯 떠올랐다.

"선경아, 형이 자주 가는 사우나가 있는데, 거기 때밀이가 한 달에 80만 원씩 번다더라."

보름 전쯤, 형이 뜬금없이 때밀이 이야기를 하는 것이었다. 당시 대졸 초임이 30만 원 남짓할 때였고, 공무원 초임은 20만 원 정도였으니 한 달 80만 원의 수입은 꽤 큰 수입이었다. 그때 생각하니 이미 형이 나를 거둘 수 없으니 학교를 그만두고 직업을 구하라는 메시지가 아니었나 하는 생각이 불현듯 떠올랐다.

밤새도록 모진 현실에 잠들지 못하고 허전한 마음으로 몸을 뒤척이던 나는 다음날 새벽 일찍 책과 이불 보따리를 꾸렸다.

형제의 우애를 확인하고 싶었던 내 모습이 너무 초라하게 느껴졌고, 더 비겁하기 싫어 나는 형네 가족들이 모두 잠들어 있는 시간에 도망치듯 그 집을 빠져나왔다. 밥을 얻어먹기 위해 형수 손에 들린 주걱 앞에 양쪽 뺨을 들이대던 흥부를 떠올리고 나는 그렇게는 살지 않겠다는 다짐을 수없이 하며 시골에 계신 부모님을 생각했다.

인사과 행정병으로 근무할 당시 어느 부사관이 급여 중 일부분을 동생 학비로 보내 달라며 동생 자랑을 하던 그 모습이 떠올랐지만, 그 형제의 우애는 그냥 남의 집 일이었다. 차라리 남과 북의 이산가족으로 만났더라면 이렇게 아프지 않았을 것을….

하지만 형수 입장에서 보면 15평 좁디좁은 작은 군인 아파트에서 대학 다니는 시동생과 함께 살림하는 것이 여러 면에서 불편했을 것이다. 그리고 모든 것은 형도 가족을 꾸리고 살면서 계획하던 삶이 있었을 텐데, 형이기 때문에 동생의 어려움을 당연히 이해해 줄 거라 믿고 찾아간 내 잘못이었다.

보름달이 어스름이 비추던 추수가 끝난 가을 들녘에, 서로를 먼저 생각하며 볏단을 들고 마주친 형제의 이야기는 그냥 어릴 적 동화였을까?

5. 신문사 총무와 노점상의 기억

　　나는 그날 책 보따리, 이불 보따리를 양손에 들고 이곳저곳 하루종일 헤매다 일단 잠을 잘 곳부터 마련해야겠다는 생각에 한 신문사 지국을 찾아갔다. 그 당시 신문사 총무 일은 신문 배달 외에도 구독료 수금 등 허다한 잡일들을 도맡아 해야 했기에 사람들이 쉽게 도전했다가도 곧바로 포기해버리는 열악한 직종이었다. 신문사 지국에서 일할 사람 구하기가 어려웠음을 말해주듯 매일 쏟아지는 신문 하단에는 "신문사 총무 구함- 숙식 제공"이라는 구인광고가 끊이지 않고 올라오곤 했다.

　　그렇게 나는 별다른 이력 없이 신문사 지국에 채용되어 자그마한 방이 딸린 신문사 지국에 나의 초라한 보따리를 풀어 놓았다. 그 구석진 방에는 날짜 지난 신문들이 한쪽 구석에 수북이 쌓여 있었고, 가정형편이 어려운 소년들과 함께 공동생활을 해야 하는 사무실 쪽방이었다. 간혹 어린 친구들이 자다가 오줌을 지리는 일도 있었고, 서로 다투어 관리하기가 힘들었지만, 그때 신문사 총무 일은 나에게 노숙자 신세를 면할 수 있는 최상의 선택이었다.

　　나는 오전에는 생활비를 벌기 위해 서울조간신문을, 오후에는 학비 마련을 위한 매일경제신문을 배달했는데, 아파트를 오르내리면서 새벽 신문을 돌리다 보면 허기질 때가 많았다. 라면에 밥 말아 먹는 것이 최고의 식사가 되었던 그때, 나는 배고픔을 이기지 못하고 아파트 현관 앞에 놓인 우유를 훔쳐먹곤 했다. 들키지 않으려고 나름 오늘은 A동에서 하나, 내일은 B동에서 하나, 작은 우유 하나씩을 훔쳐 먹으며 허기를 때우던 가난했던 신문사 총무. 부끄러운 나의 자화상을 오늘에서야 비로소 고백하며 용서를 빈다.

낮에는 자전거를 타고 석간신문을 돌렸는데, 그 짓도 수개월 하다 보니 나만의 요령이 생겨 같은 부수를 배달하는 다른 사람들보다 시간을 단축하는 비법도 생기기 시작했다. 사이클 앞, 뒷바퀴 지지대 양쪽에 고무밴드를 둘러주고, 그 사이에 신문을 펼쳐 놓으면 가운데 부분이 튀어 올라온다. 자전거를 멈추지 않고 달리는 상태에서 한 손으로는 핸들을 잡고 또 한 손으로는 신문을 한 부씩을 빼내어 구독자 앞마당으로, 2층집 베란다까지 정확히 던질 수 있게 된 것이다. 이골이 났다는 이야기가 이럴 때 쓰는 말일 것이다.

수십 년이 지난 지금, 나는 대학 시절 신문 배달을 하던 강남에서 가끔 지인들도 만나고, 모임도 하며 술도 한 잔씩 한다. 이젠 웬만큼 차려입고 말이다.

주중에는 신문사 총무로, 주말에는 길거리 노점상으로, 나는 대학에 다니기 위해 안 해 본 일이 없는 것 같다. 낚시용 일회용 번갯불을 넣은 커다란 이티공을 청량리역, 용산역 광장에서도 팔았고, 이곳저곳 다방을 돌아다니며 5,000원짜리 홍콩제 시계를 팔아보기도 했다. 하지만 시골서 올라온 가난한 대학생의 아르바이트로 버는 돈은 먹고 쓰는 생활비만 되었을 뿐, 다음 등록금까지 모으기엔 터무니없이 적었다.

결국, 나는 다음 학기 등록금을 마련하지 못해 학업을 포기하고 대학 중퇴라는 불명예를 안은 채 또 다른 길을 찾아야 했다. 신문사 총무, 노점상을 전전하며 배움의 꿈을 꾸었지만, 너무나도 짧게 끝나버린 대학 생활이었고, 가장 힘겹게 살아온 순간이었다.

이제 나는 서울에 더 머무를 이유가 없어 또다시 양손에 책보따리를 싸 들고 부모님이 계시는 충북 제천 시골집으로 돌아와야 하는 신세가 되었다. 그리고 나는 시골에서 칼국수 장사를 하며 아들 뒷바라지하시는 부모님께 죄송한 마음을 안은 채 공무원 시험을 준비하기 시작했다.

제3장

맨주먹으로 시작한 사업과 나의 인생

1. 미용실 월간지 렌탈 사업

　　　　이제 오로지 공무원 시험에 합격하는 것이 나의 갈 길이라고 생각하고 시골집 다락방에서 시험공부에 몰두하고 있을 때, 우연히 들른 봉양 역전 공중화장실에서 보게 된 스티커 광고 하나가 잠잠한 내 마음을 또다시 흔들었다.

＊원양어선 선원 모집＊

나이 불문/학력 불문/월 70만 원 보장

＊부산선원학교＊

　사실 어릴 적부터 누가 장래 희망을 물으면 돈을 많이 벌 수 있는 사업가가 될 거라고 했지만, 공무원은 나의 꿈이 아니었다. 그 광고를 보는 순간 3년만 바다에서 고생하면 장사할 수 있는 최소한의 종잣돈은 마련할 수 있고, 포장마차라도 내 사

업을 하는 것이 평생 공무원 생활하는 것보다 나을 거고, 이것이 나의 어릴 적 꿈을 이루는 길이라는 생각이 들었다.

대학도 졸업하지 못하고 이 장성한 나이에 시험공부 핑계 삼아 삼시 세끼 어머니가 차려주시는 따뜻한 밥상을 기다리는 나는 늘 부모님께 송구한 마음이었다. 그렇다고 어머니에게 원양어선 타서 장사 밑천을 벌어 보겠다고 말도 할 수 없었던 나는 이런저런 이유를 대며 어머니에게 용돈을 받아 부산행 티켓을 끊었다.

요즘 원양어선은 대부분 동남아 사람들로 채워져 있지만, 그 당시에는 여러 가지 모습으로 인생 실패를 경험한 갈 곳 없는 사람들이 마지막으로 희망을 걸며 선택하는 직업이 바로 원양어선을 타고 고기 잡는 일이었다. 종잣돈만 생기면 내 사업을 시작할 수 있다는 부푼 꿈에 젖어 중앙선 완행열차를 타고 물어물어 어렵게 찾아간 부산 선원학교. 하지만 그곳은 정문을 들어가기도 전부터 치열하게 살아온 사람들의 삶이 시위라도 하듯 거친 숨소리와 고성이 나를 제압하고 있었다.

사람들의 거친 몸싸움, 한쪽에선 패를 나누어 내지르는 욕설, 술에 취한 듯 갈 지 자 걸음으로 타인에게 위협을 주는 모습들…. 나름 신문 배달도 하고 구역싸움에 쫓기며 노점상도 했던 나였지만 저들과 함께 오갈 수 없는 원양어선을 타고 끝

없는 망망대해에서 3년을 보내야 한다고 생각을 하니 아찔했다. 나는 이내 허둥지둥 그곳을 도망치듯 벗어나 부산 태종대에 올랐고, 낮술로 지친 심신을 위로하며 잠시나마 당차게 꿈꾸어 보았던 한밑천의 꿈을 날려 보냈다.

이젠 이 세상엔 다른 방법은 없었다. 오로지 국가고시를 통해서만 사회 진출이 가능하겠다고 마음을 다짐하며 나는 다시 조용한 다락방으로 올라갔다. 그런 어느 날 한참 시험공부에 열중하고 있는데 강수, 근우 고향 친구들이 나를 찾아왔다.

"선경아, 소자본으로 사업할 좋은 아이디어가 있는데 우리랑 같이 한번 해 보면 어떻겠냐?"

그들의 계획을 들어보니 그 사업은 내가 영업을 도와주고 친구들이 관리하면 소자본으로 시작할 수 있는 나름의 아이디어가 있는 장사였다. 가진 것 하나 없지만, 사업가로서의 꿈을 버리지 못하고 있었던 나는 친구들을 도와가며 장사를 시작하고, 부모님을 떠나 독립할 수 있다는 생각에 그 제안을 흔쾌히 받아들였다.

그렇게 나의 첫 사업은 친구들과 함께 동업 아닌 동업 '월간지 대여 판매'로 시작되었다. 어릴 적부터 남의 앞에 서기를 좋아하고 줄곧 학급 반장을 놓치지 않았던 나는 새로운 환경을 두려워하지 않았기에 조금씩 자리를 잡아갔지만 내 친구들은 얼마 지나지 않아 적응하지 못하고 이내 다른 길을 찾아 떠나갔다.

하지만 사업가로서의 꿈을 가지고 있었던 나로선 어렵게 시작한 이 일을 쉽게 포기할 수 없었고, 돌아갈 수도 없었기에 그 자리에 남아 지금의 나를 만들었다.

30여 년이 지난 지금, 그 친구들은 국가고시를 통해 둘 다 공무원이 되었고, 지금은 은퇴하여 안정된 노후를 즐기고 있다. 친구 따라 강남 간다는 우리말 속담이 있지만, 내가 그때 친구들과 인천에 올라가지 않고 국가고시를 준비했다면 나는 지금 무엇이 되어 있었을까 하고 생각에 잠길 때가 가끔 있다. 내가 인천에서 청년회의소 회장을 할 때 사무국장을 보며 나를 도와주던 회원이 옹진군수가 되었으니, 나도 지금쯤이면 공무원 생활을 하다가 은퇴해서 고향 발전을 위하여 뭔가를 하고 있을 것 같다.

어쨌든, 나의 첫 사업자등록증은 내 고향 제천의 유명한 관광명소 의림지의 이름을 딴 '의림문화정보센터'라는 이름으로 발급되었고, 신개념의 월간지 대여사업은 시작되었다.

요즘이라면 렌탈 사업이 보편화되어서 이해가 쉽겠지만, 그 당시만 해도 월간지를 렌탈한다는 개념은 생소했다. 대부분의 미용실에선 기다리는 손님들을 위해 여성중앙, 주부생활 등의

여성잡지를 골고루 갖춰 놓는데, 한 업소에서 매달 모든 잡지
를 다 구비한다는 것은 부담스런 일이었다.

"잡지 한 권 값으로 월간지 4권을 구독할 수 있고,
마지막 주에는 한 권을 소유할 수 있습니다."

"도대체 어떻게 한 권 값으
로 네 권을 볼 수 있다는 말이
에요?" 처음 내가 대여사업을
시작할 때 많은 미용실 원장들
이 의아해했다.

"서점 가셔서 주부생활, 레이
디경향, 여성중앙, 우먼센스 다
구입하려면 돈이 너무 많이 들
잖아요. 그런데 저한테 정기구
독을 하고 월간지 한 권 값에 딱 25% 정도만 더 부담하시면 매
주 다른 잡지를 네 번 교환해드리며, 마지막 한 권은 드립니다."

처음에는 대부분의 미용실에서 잡상인 취급을 당하며 문전
박대를 겪었지만, 시간이 흐르면서 이 대여 판매사업은 입소문
을 타기 시작했고, 구독자는 점점 늘어갔다. 그래서 나는 사업

을 시작한 지 6개월여 만에 중견 회사의 과장 월급 정도의 수입이 창출되었다.

그때부터 나는 직원을 쓰기 시작했는데 계속 거래처를 늘려가는 영업은 내가 맡고, 직원들은 내가 영업한 거래처를 관리하는 역할분담으로 대여사업을 발전시켜 나갔다. 나는 지속적인 영업으로 지역을 확장해 나갔고, 몇 년이 지나 나의 첫 사업은 직원을 서너 명 더 채용할 정도로 거래처가 많아졌다.

인천을 넘어 경기도 부천까지도 영업 반경을 넓혀 미용실 거래처가 1,200개 업소 이상이 되었고, 사무실도 평수를 늘려야만 했다.

하지만 그사이 나의 새로운 영업시스템을 모방한 업체들이 서울, 수원 등에서도 우후죽순 생겨나고, 퇴사한 직원들이 회사거래처를 넘보기도 했다. 그때부터 나는 그들과 '월간지 대여판매'로 지역을 확장하기보다는 기존 거래처에 새로운 아이템을 추가해 경쟁업체와 차별화를 시도했다.

제일 처음 시도한 아이디어는 여성 월간지 규격에 맞는 투명한 아크릴 전용 커버를 특수 제작하고, 표지에 광고 사업을 하는 것이었다. 전용 커버는 잡지의 훼손을 막아주어 한 달 내내 월간지를 깨끗하게 관리하는 것과 동시에 해당 지역을 상대로 홍보가 필요했던 사업자들에게는 가성비 높은 광고지로 활용할 수 있었다. 또한, 이 아이디어를 기반으로 월간 잡지들을 꽂을 수 있는 책꽂이 홍보 판을 제작하여 또 다른 형태의 광고 사업을 시작하였다.

하루에도 수십 명씩 드나드는 미용실의 책꽂이 광고판과 월간지 겉표지 광고는 여성에게 관심 있는 성형외과와 생활용품을 판매하는 사업자들에게 최고의 관심 대상이 되었다. 나는 당시 철제 가구로 유명했던 '데코라인' 회사에 광고판 겸 책꽂이를 특수제작하여, 미용실 거래처에 철제 가구를 무료로 설치해 주었다.

"월간지만 구독하면 고급 철제 책꽂이를 무료로 설치해드립니다."

나에겐 수입을 창출하는 광고판이었지만, 미용실로서는 깔끔하게 책 정리를 돕는 유명가구 인테리어 소품이 생기는 일이니 이를 마다할 이유가 없었다. 책꽂이 설치 마케팅으로 월간지 정기구독 거래처는 점점 많아졌고, 주로 여성들이 고객인 지역 사업가들의 광고 의뢰는 늘어만 갔다.

"여성 월간지를 보기 위해선 책꽂이에 꽂혀 있는 이 광고를 자연스레 보게 될 것입니다. 하루에 한 미용실에서 열 명만 이 광고를 본 다 하더라도 천 곳의 미용실이면 만 명, 한 달이면 30만 명 정도가 보는 효과가 있는 광고입니다. 우리 광고는 당신이 매달 쓰는 광고비의 10%로도 충분합니다."

지금은 이렇듯 웃으면서 옛일을 기억하지만, 아무도 가지 않은 길을 선택한다는 것이 얼마나 두렵고 고독한 일이었는지, 처음 영업을 시작할 때 겪었던 웃지 못할 에피소드 한두 가지가 떠오른다.

처음 미용실 상대로 렌탈 사업을 시작했을 때, 나는 지금껏 보지 못했던 화려하고 세련된 도시 여자들 앞에서 주눅이 들었던 내 모습을 잊을 수 없다. 오토바이 헬멧을 깊게 눌러쓰고 여성 월간지 네 권을 들고 가게로 불쑥 들어가 거친 시골 사투리로 정기구독을 하라고 외치던 나의 모습은 그들에게 얼마나 당황스럽고 촌스러웠을까?

처음 영업을 시작할 때 나는 그들과 눈을 마주치는 것이 부담스러워 미용사들이 손님의 머리를 손질하고 있을 때를 노려 소리 없이 미용실 문을 열곤 했다. 고객이 있으니 영업사원을 차갑게 내칠 수 없고, 거부감의 표현도 손님을 배려해서 조금은 부드럽게 돌아오기 때문이었다.

매장의 규모가 크고 더욱 화려한 미용실이 보이면 그곳을 건너뛰어 만만하게 보이는 자그만 매장부터 거래처를 만들자고 비겁한 자기 합리화를 할 때도 많았다. 하지만 이내 생각을 고쳐먹고 미용실 문을 박차고 들어가 거래가 성사되든, 아니

되든 마음속에 있는 말을 다 쏟아놓고 나와야 스스로 위안이
되었다.

어릴 적 나는「최 진사댁 셋째 딸」노래가 18번이었다. 소풍이
나 학교에 무슨 행사가 있을 때면 친구들의 성화에 한 번씩은
꼭 불러야 하는 나의 애창곡이었다. "건넛마을 최 진사댁에게
딸이 셋 있는데…."로 시작되는 가수 이은하의 데뷔곡에 먹새
도 방새도 부러워하는 나는 칠봉이가 아니던가? 일곱 개 복 중
에서 하나만 맞으면 저 미용실은 나의 성공에 디딤돌이 될 것
을 확신하며 다시 한번 침을 삼키고 '주인공'처럼 미용실 문을
박차고 들어갔던 추억이다.

어쩌다 회원 확보에 실패하더라도 미용실을 빠져나오는 그
순간에 몰려들던 안도감, 아니 어쨌든 내가 해냈다는 뿌듯함
은 다음 미용실을 향해 다시 도전할 수 있게 해주었다.

당시 많은 미용실이 원장의 이름을 넣은 '○○○ 헤어라인'이
라는 사업장명을 사용하고 있었다. 나는 그들의 머리가 되겠다
는 의지의 표현으로 '헤드라인'이란 상호로 변경하고 본격적으
로 미용실을 상대로 한 사업을 확장해 나갔다.

2. 토탈 미용 사업으로의 전환

상호를 바꾼 뒤 처음 시작한 미용 사업에 첫 아이템은 독일산 미용 가위 '빗대'를 파는 일이었다. '독일산 가위'는 디자인이 세련되고 절삭력이 좋아서 금액이 다소 높더라도 전문 미용사들에게 인기가 높은 제품이었다.

보통 디자이너들이 사용하는 미용 가위는 고가품이 많아서 소장하는 것만으로도 자부심을 갖는 것이 일반적인데, 어느 날 나는 여성지에 새로 나온 미용 가위 대리점을 모집한다는 광고를 보고 무작정 서울 본사를 찾아갔다.

"제계는 미용실 거래처 천여 곳이 있습니다. 보증금은 없으나 대리점을 허락해주시면 전국 최고의 매출을 올릴 자신이 있습니다. 기회를 주십시오."

수십만 원씩 하는 미용 가위를 취급하려면 보증금이 없이 안 된다는 것을 알고 한 번에 ok는 힘들 거라고 생각했지만, 나는 1,000여 개의 미용실 거래처 명단을 들고 찾아갔던 것이다.

본사는 나의 자신감에 호기심을 보였고, 천여 군데가 넘는 고정 거래처를 관리하고 있다는 말에 회사 대표는 한 푼의 보증금 없이 대리점을 허가해 주었다. '월간지 대여 센터' 대표로만 기억하고 있는 미용실에서 '빗대 인천 대리점 대표 지선경'

이라는 새로운 명함은 협력업체로서 좋은 이미지를 주기에도 충분했다. 이미 광고를 통해 '빗대'에 대해 어렴풋이 알고 있던 미용사들은 내가 고급 가위를 취급한다는 말에 더욱 나를 반겼다.

"지 사장님, '빗대'가 뭐예요?"

"어머, 가위가 예쁘네. 사장님이 이것도 파세요?"

"이거? 독일산 최고의 미용 가위잖아요. 독일이 벤츠, 아우디 등으로 세계 최고의 자동차 잘 만드는 나라가 된 것은 철강제품이 우수하기 때문입니다. 이 '빗대' 가위를 만드는 회사는 우리나라 포항처럼 철강제품을 주로 생산하는 독일의 도시에서 가위만 전문적으로 생산하는 기업이고, 한국에는 처음으로 선보이는 유명한 제품입니다."

"사장님 지금 당장 사고 싶지만, 지금은 살 돈이 없으니 다음에 구입할게요."

"걱정하지 마세요. 원장님, 제가 한 달에 미용 잡지 때문에 이곳을 네 번 방문해야 하니 가위 대금은 올 때마다 나눠서 내시면 되지요."

미용 가위 판매를 시작한 후, 나는 미용실 인테리어, 미용실 전문 매매 및 임대 등 미용인들이 관심이 있는 분야를 집중 공략하며 토탈 미용실 전문 서비스로 사업을 확장해 갔다. 수많은 미용실을 상대하다 보니 어디 매장의 인테리어가 괜찮은지, 누가 미용실을 팔고 이전하려 하는지 등의 정보를 자연스럽게 접할 수 있었기 때문이다.

또 다른 미용 아이템 중 하나는 당시 제약회사로 유명했던 일양약품이 '주식회사 은산'이라는 계열사를 만들어 화장품 사업에 진출하려고 할 때의 일이다. 판매처 인프라가 구축되어 있던 나는 캐나다산 머드팩 '네나크레이 마스크' 판매로 전국 1위를 달성하였고, 전국 최고의 판매왕으로 인정받아 연말 시상식에서 상장과 함께 20돈짜리 골든 키도 선물로 받았던 추억이 있다.

그날 저녁, 부상으로 받은 20돈짜리 골든 키는 친한 고향 친구와 잠시 술집에 보증금으로 맡겨두고 밤새 술을 마신 추억을 덤으로 만들어준 또 다른 낭만의 선물이었다.

3. 생활용품 대여 사업과 작은 성공

그렇게 렌탈 사업과 미용 사업이 확장되어 갔지만, 나는 여성 고객을 상대하는 사업에 체질상 한계를 느끼기 시작했고, 누구에게나 필요한 대여사업을 하기로 결심했다. 그래서 한 달에 네 번 가던 미용실 방문을 서서히 줄여가며 남는 여유 시간을 노래방 기기를 비롯한 생활용품 대여 사업에 투자했다.

지금은 노래방이 동네 어디서도 볼 수 있을 만큼 흔하지만, 90년대 초반은 일본식 가라오케가 끝나가고 노래방 기기가 처음 보급될 무렵이었다. 보통 술잔이 오가는 회식의 2차 코스는 밴드가 있는 곳에서 노래를 부르며 즐긴다는 것에 착안하여 이동식 노래방기기를 제작해보기로 한 것이다.

나는 노래방 기기를 움직일 수 있도록 주문 제작하여 회식 장소를 이동하지 않은 채 흥을 이어갈 수 있도록 모니터, 앰프 스피커를 세팅해 주고 손님이 원하는 곡을 선택해 주기도 하였다. 회식이 많은 주말과 공휴일에는 수요를 감당하지 못할 정도로 손님들에게 인기가 있었고, 본격적인 나의 대여 사업은 이제 다른 아이템을 추가하면서 시작되었다.

나는 서서히 고가의 생활용품까지 대여해 주는 명실상부한 생활용품 대여센터로 자리매김하기 위해 1년에 한두 번씩, 특별한 날에만 필요로 하는 품목을 엄선해 가며 대여 사업을 확장해 나갔다. 커가는 내 아이들의 성장 과정이나 가족들의 행사에 동영상을 남기고 싶지만, 고가여서 망설여지는 품목, 비디오카메라. 훌쩍 커버리는 아이들을 위해서 가장 좋은 것을 해주고 싶지만, 가격이 부담스러운 고가의 장난감들은 최고의 인기품목이었다.

이런 사업 덕분에 나도 우리 아이들의 성장 과정을 비디오로 많이 담아두어 지금까지 소중한 추억으로 간직할 수 있었고, 대여가 없는 날 고가의 장난감은 우리 아이들의 몫이 되어 또래 친구들의 부러움을 샀다. '생활용품 대여'는 당시로서는 획기적인 사업이었고, 이 사업은 '인천 생활용품 대여센터'라는 제목으로 일간지 생활 경제 코너에 소개되어 나의 사업에 힘을 실어주기도 했다.

4. 위성방송 시스템과 부도난 수표

       당시는 케이블 방송이 나오기 전이어서 경제적 여유가 있는 가정에서는 1.6m의 둥그런 위성방송 안테나를 설치하는 것이 유행이었다. 한국에서는 볼 수 없는 일본의 N.H.K, 홍콩의 스타 TV 등을 보며 선진 문화의 다양한 정보와 오락프로그램을 접할 수 있었기에 부와 지성의 상징으로도 여겨지기도 했다.

  그런데 설치하면 월 시청료나 추가적인 비용 지출이 없다는 장점이 있지만, 설치 비용이 많이 들어 경제적으로 여유가 있는 가정만 할 수 있었다. 그래서인지 둥그런 위성안테나가 달린 집들을 보면 외국어를 한두 가지 구사할 줄 아는 좀 있는 집으로 생각하곤 했다.

  나는 시대 흐름에 맞추어 위성방송 자재를 생산하는 대륭정밀 회사의 대리점을 개설하고, 본격적으로 위성방송 시스템을 인천에 공급하기 시작했다. 당시 대륭정밀은 전 세계 위성방송 수신기 시장의 60% 이상 점유하고 있는 독보적인 국내 기업이었다. 나는 본사와 함께 첨단 위성방송 장비를 인천에 공급한다는 자부심을 가지고 나의 사업체 명칭마저도 헤드라인에서 '대륭정보통신'으로 바꾸고 직원들을 독려했다.

  나로 인하여 경기도 수원에 대륭정밀 대리점을 개설한 동서는 한국외국어대학 용인캠퍼스에 시청 가능한 전 세계 방송을 위성으로 잡아내는 공청 기술을 확보하기도 해 나의 자랑이 되기도 했다.

마음에 욕심이 가득 차면 깊은 못에서도 물결이 끓어 산림 속의 고요함을 보지 못하고, 마음이 텅 비면 저잣거리 가운데 있으면서도 그 시끄러움을 모른다고 했던가? 고급 아파트 단지에 내가 설치한 위성안테나가 늘어나는 것을 보며 보람을 느끼던 어느 날, 나의 사업은 예기치 않은 복병을 만나 크게 넘어지는 실패를 경험하게 된다.

"대표님을 뵙고 싶습니다."

"제가 대표입니다. 무슨 일이시죠?"

"우리가 짓는 아파트에 위성방송 공청 시스템을 설치하려 하는 인천에 기반을 둔 건설회사입니다. 우리 회사와 협력회사가 되어 주십시오. 단, 결제는 3개월 어음으로 드리겠습니다."

나는 납품만으로 거래대금의 30%의 이윤을 남길 수 있고 건설회사를 거래처로 두면 기본매출이 보장되는 일이었기 때문에 3개월짜리 어음의 함정을 간과하고 넘어간 것이었다. 하지만 그들이 지불하겠다는 신한은행 어음 신용도를 은행 본점에 확인하였고, 그 회사에 대한 재무구조와 재정의 건전성을 수소문한 후 나는 서둘러 위성 장비를 납품하였다. 그리고 3개월 후 만기가 되어 뿌듯한 마음으로 금고 속에 곱게 간직한 어음을 꺼내 현금으로 교환하려 했지만, 그 어음은 이미 종이쪽지에 불과한 난수표가 되어있었다.

뒤늦게 사기를 당한 것임을 알고 그들이 건네준 명함과 복사된 사업자등록증으로 그들을 찾아 나섰지만 나를 반겨준 건 그들의 텅 빈 사무실과 허름한 연립주택 지하 방이었다. 그들은 차명을 써가며 무려 3년 동안 치밀하게 준비해 온 전문 사기꾼들이었고, 그다음 날부터 신문 지상에는 인천 건설회사 부도라는 기사가 홍수를 이루고 있었다.

사기를 당하고 나서야 뒤돌아보니 내가 제시한 거래대금에서 그들은 어떤 흥정도 하지를 않았고 현찰로 거래하면 얼마를 더 d.c 해줄 수 있냐는 기본적인 요구도 없는 이상한 계약이었다. 한 번의 납품만으로 큰돈을 벌 수 있었고, 협력회사가 되면 나의 위성방송 사업은 탄탄대로가 될 수 있다는 내 욕심의 결과였다. 그일은 금전적인 손실과 인간에 대한 배신감, 스스로에 대한 자책감들이 되어 한동안 나를 괴롭혔고, 앞만 보며 뛰어온 나의 인생을 뒤돌아보는 뼈 아픈 시간이기도 했다.

방황마저도 사치였던 나는 비틀거리는 몸과 마음을 저편 가슴에 새기며 또다시 가보지 않은 길 '황금알을 낳는다는 거위'라는 이동통신 유통시장에 도전장을 던지며 일어섰다.

5. 인천 이동통신 대란, 중부대리점

       대한민국의 통신시장이 아날로그 시대에서 디지털 시대로 넘어오는 혁명적 과도기를 맞고 있을 때, 나도 시대적 변화에 발맞추어 이동통신 대리점 사업에 뛰어들었다. 당시 SK그룹은 아날로그 시장에서 모토로라 단말기로 '012 호출기(일명 삐삐)'와 '011 핸드폰'으로 이미 통신 시장을 장악하고 있을 때였다. 하지만 우리나라는 디지털 통신시대로 접어들면서 새로운 이동통신 사업자를 모집하고 있었고, 포철, 코오롱 그룹 등 30여 개 기업은 컨소시엄을 구성해 제2의 이동통신 사업을 준비하는 중이었다.

  나 또한 대리점 사업권을 얻기 위해 '015 호출기' 판매점을 운영하면서 이동통신 시장의 생리를 파악하고 향후 통신시장을 분석하며 1년을 기다렸다. 대리점 선정 당시 붓글씨로 나의 사업 계획을 제출해 본사로부터 특별한 주목을 받으며, 나는 인천 이동통신 시장에 새롭게 진입했다.

  그리고 기존의 렌탈 사업, 위송 방송 시스템에 근무하던 직원들을 이동통신 영업에 조기 투입하고 노력한 결과, 사업 초창기부터 나는 인천 지역을 대표하는 대리점으로 인정받았다. 전국 대리점 중에서는 처음으로 나의 사진과 대리점을 소개하는 기사가 회사 사보에 실렸고, 본사는 나의 영업력을 다음과 같은 제목으로 인정해 주었다. '인천 이동통신 대란, 중부대리점' 나는 당시 본점과 직영 판매점 5곳을 운영하고, 판매점도 수십 곳을 관리하며 인천 통신시장을 주도했고, SK 시장과 맞서는 중심 대리점으로 성장해 갔다.

나는 인천방송 1주년 기념행사가 열리는 인천시 광장에서 본사로부터 이동통신 기지국을 지원받아 단독으로 017 핸드폰 시연회를 개최하기도 하고, 직원이 많은 회사는 도우미를 데리고 직접 찾아가 홍보하기도 했다. 분기마다 열리는 본사 대리점 회의에 참석할 때면 항상 헤드 테이블에 앉았고, 드라마 「모래시계」의 검사로 유명했던 배우 박상원(회사 광고 모델)과 식사도 하고, 사인을 받아다 직원들에게 선물로 주었던 추억도 새록새록 하다.

하지만 시간이 지날수록 통신 시장 경쟁은 점점 더 치열해졌고, 본사 또한 나만 바라보며 기다려주지는 않았다. 이 시장 진입을 기다리는 사람들은 줄을 이었고, 본사는 또 다른 경쟁자들을 종용하여 무한 경쟁을 부추겨가며 성과를 재촉했다. 지금까지 나의 경험으론 내가 살았던 그 시대에 이동통신 사업만큼이나 치열하고 복잡한 유통시장은 없었던 것 같다.

"지 대표님, 이번 달 회사에서 제시한 판매실적을 달성하시면

별도 성과금으로 5,000만 원을 비공식적으로 더 드립니다."

당시 이동통신 사업의 수익 구조는 핸드폰을 정가로만 팔아도 판매 이윤 10% + 고객이 사용하는 요금의 7%를 2년간 주는 황금알을 낳는 시스템이었다. 게다가 비공식으로 뿌려대는 성과금까지 고려하면 핸드폰을 이윤 없이 판다 해도 매달 요금 7%는 보장받을 수 있기에 대폭 할인이나 때론 공짜폰을 내 걸더라도 장사가 되는 게임이었다. 한 달 요금으로 평균 5만 원을 쓰는 고객이 있다면 통신 수수료만 50,000*0.07*24=84,000원이 남는 장사였고, 그 유혹은 달콤하기만 했다.

사지로 내몰리는 무한 경쟁의 함정은 거기에만 있는 것이 아니었다. 본사에 담보를 제공한 후 핸드폰을 이미 대량 구매한 상태였음에도 불구하고, 현금 구매 시 추가로 얹어주는 5% 백마진 혜택은 아무도 알 수 없는 돈 있는 자만의 리그였다. 본사 영업정책에 따라 한 달 영업계획을 치밀하게 세우고 최선을 다한다 해도 본사 전략팀만이 알고 있는 그 은밀한 함정은 많은 대리점에게 환상이 되어 죽음의 레이스로 내몰았다. 나 또한 최선의 노력으로도 이겨낼 수 없는 악랄한 자본주의의 시장구조를 서서히 깨달아갈 때 쯤, 인천 이동통신 시장에서 서서히 밀려나고 있었다.

6. 중개 주식회사 설립과 5.5평의 작은 방

나는 1985년도에 서울에서 공인중개사 1기로 자격증을 취득했지만, 장롱 속에 묻어 두고 여러 가지 사업을 전전했고, 통신대리점을 접으면서 인천에서 부동산 중개 주식회사를 설립하였다. 자격증을 취득한 후 서울 강남 대치동 은마아파트 옆 청실 상가 3층에서 중개사무실을 개설한 적이 있었지만, 그때 그 나이로는 부동산의 생리와 시장의 흐름에 적응하기 힘들었고, 현실을 파악하지 못해 이내 사무실을 접은 기억이 있다.

사회 경험이 없었던 나로선 그때의 부동산 시장은 복마전이었고, 노력하고 성실히 살아가면 성공할 수 있다는 지금까지의 교훈은 평범한 사람들의 이야기일 뿐 부동산시장에서는 통하지 않음에 나는 회의를 느꼈다. 이제 나이도 들고 치열한 이동통신 시장도 경험했으니 그 노력으로 부동산 시장에 뛰어들면 누구보다도 잘할 수 있다고 생각했다. 나는 드디어 인천 법원 옆 법조인 빌딩 르네상스 건물 7층에 60평 규모의 사무실을 꾸미고 자타가 공인하는 새로운 시스템의 부동산 법인을 설립했다. 그동안 수시로 인천대 경매 컨설턴트 과정, 중앙일보 조인스 상가 컨설턴트 과정을 이수하였고, 여러 사업 경험과 부동산에 관한 지식을 한데 모아 부동산 개발 및 중개회사를 설립한 것이었다.

1980년대 후반, 우리나라는 공인중개사 제도를 도입하면서 부동산 시장의 선진화를 시도했지만, 그때까지도 시장의 유통구조는 변함 없이 주먹구구식이었다. 그래서 나는 이론과 실무를 겸비한 제대로 된 중개회사를 만들어 보고 싶다는 목표가 있었고, 공인중개사 1기로서 소위 '떡방'이라는 부동산 중개업소에 대한 나쁜 편견도 깨고 싶었다.

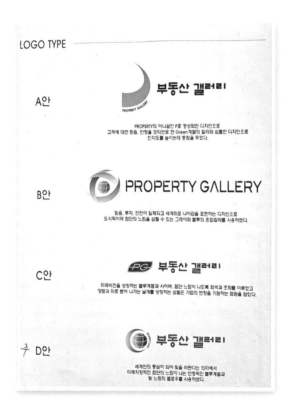

‘부동산 갤러리 주식회사’, 나의 첫 법인회사 상호이며 내 사업의 5번째 상호이다. 나는 30대를 주축으로 한 정식 직원을 모집해 사원들에게 항시 정장을 근무복으로 할 것을 주문하고, 생활 정보지에 부동산 광고를 대대적으로 내며, 시장에 ‘부동산 갤러리’의 등장을 알렸다. 나는 회사명 로고 디자인도 전문업체를 통해 제작하고 배지도 만들어 직원들 양복 깃에 달아주며 부동산 전문가로서 자부심을 가지고 일할 것을 당부하기도 했다.

“지선경 씨, 검찰입니다.”

“네? 무슨 일이십니까?”

“이곳에서 법을 위반하면서 부동산 중개 사업을 하신다고 해서요. 법원 경매 주로 하시죠? 검찰청으로 같이 가셔야겠습니다.”

2002년 4월 2일 아침, 직원 회의를 마치고 티타임을 갖던 중, 나는 아무런 영문도 모른 채 직원들과 함께 연행되었다. 그들은 가면서 내가 실정법을 위반했기 때문에 한 달 전부터 내사에 들어갔고, 나와 회사에 관한 모든 것을 알고 있다고 했다.

내가 설립한 주식회사 ‘부동산 갤러리’는 일반 중개보다는 ‘부동산 경·공매’를 위주로 사업하는 법인으로 설립한 것이었다. 경·공매라는 것은 부동산에 관한 채권과 세금이 체납된 부동산을 공개적으로 공시하여 새로운 소유자를 찾고 채권 채무를 소멸시키는 법적 제도이다. 대부분 시세보다 낮은 금액으로 원하는 부동산을 구입할 수 있기 때문에 법적 분석과 권리 분석을 잘하면 일반거래보다 유리한 것이 일반적이다. 다시 말하면 나의 회사는 경매에 지식이 부족한 고객들에게 관련 정보를 분석하고 제공하여 그들의 재테크를 돕고 시세보다 싼 값으로 부동산을 구입할 수 있도록 도와주는 컨설팅 업체였다.

지금은 공인중개사뿐만 아니라 법무사, 변호사, 일반인들까지 경매 입찰에 자유롭게 참여할 수 있지만, 그때는 허가된 중개 법인만이 참여할 수 있던 시기였다. 그래서 전문화된 중개법인을 설립하였고, 차별화된 시스템으로 유통 구조를 개선하고 선도하는 부동산 업체라고 자부하며 사업을 하고 있던 것인데, 뜬금없는 변호사법 위법이란다. '변호사법 위반? 도대체 변호사법의 어떤 조항을 위반해 나를 연행한단 말인가!'

그들의 이야기는 이러했다. 경매라는 것은 민사 소송에 관련된 것이어서 법정에서 부동산의 법적 분석과 권리를 설명하며 낙찰자에게 조언하는 것은 변호사법에는 변호사만이 가능하다는 것이다. 즉, 법정에서 일어나는 모든 일은 변호사만이 할 수 있기 때문에 어떤 누구도 법정에서는 조언하거나 컨설팅하는 것은 변호사법 위반이라 하는 것이었다. 어이가 없었다. 공인중개사법은 달달 외우고 숙지했지만, 변호사법은 알 수가 없었다. 억울했다.

공인중개사법[1]도 변호사 출신 국회의원들이 만든 법이 아닌가? 두 법에 이해충돌이 있을 수 있다면 조율되는 시행령이 있거나 사전교육이 있어야 하는 거 아닌가? 나는 공인중개사 법을 위반한 적이 없다. 재테크를 하거나, 한 푼이라도 저렴하게 거주할 집을 구하고자 회사를 찾아온 고객들은 법원 경매장에서 입찰 서류 한 장 쓸 줄도 모르는 평범한 사람들이다. 법정에 들어가는 것조차 두렵고 생소한 일반인들에게 현장에서 입찰 방법과 요령을 설명해주지 않으면 어떻게 법을 모르는 시민들이 경매에 참여할 수 있겠는가?

나는 사무실에서 원하는 부동산에 관해 컨설팅을 하고, 법원에서는 그들이 처음 보는 입찰 서류 설명하고 쓰는 요령을 도와준 것인데, 그것을 변호사법 위반이라고 한다면 이게 바로 '귀에 걸면 귀걸이, 코에 걸면 코걸이'라는 이현령비현령(耳懸鈴鼻懸鈴)이 아니겠는가? 모든 것이 처음부터 잘 짜인 각본이라는 생각이 들었지만, 인천 법원 바로 옆 변호사 사무실이 즐비

---

1) 당시 공인중개사법을 발췌
 – 중개법인은 경매나 공매를 할 수 있고 전국을 대상으로 부동산 중개를 할 수 있다.
 – 공인중개사는 본인이 속한 도나 시를 대상으로 중개할 수 있다.
 – 중개인은 자기가 속한 지역구에서만 중개를 할 수 있다.

한 법조인 빌딩에서 부동산 간판을 당당히 내걸고 10명이 넘는 직원을 거느리며 좋은 차를 타고 다니는 나를 그들은 의심했을 것이다.

그날 연행을 당하면서 힘이 없는 나는 누구에게, 무엇을 통하면 나의 억울함이 풀릴까를 고민했지만, 이미 휴대폰 마저 빼앗긴 채 아무런 저항 한번 해 보지 못하는 허수아비가 되어 있었다. 며칠 후 나의 이야기는 '인천 경매 브로커 지 모 씨를 비롯한 일당 9명 구속 수사, 9명 불구속 수사'라는 기사로 일간 신문에 실리고 뉴스에서도 경매 브로커 이야기는 앵무새처럼 흘러나오고 있었다. 가난하게 자랐지만 공의와 사랑을 존재의 이유로 삼고, 나름 부동산 유통의 선진화에 기여하며 일한다고 자부심을 갖고 있었지만, 내 손목에 수갑이 채워지는 순간 모든 것은 허물어지고 있었다.

7. 구치소에서 느낀 삶의 무게와 좌절

국가가 보기에, 그들이 생각하기에 죄가 된다면 변호사법 위반이었고, 실정법 위반이었다면 초범이었으니 구치소에서 집행유예로 풀려나오는데 걸린 시간은 58일이었다. 하지만 그 시간은 지나온 인생만큼이나 먼 길이었고 많은 것을 빼앗기고 포기해야 하는 어두운 길이었다. 또한, 구치소 5.5평의 방은 나에게 또 다른 길이 있음을 가르쳐준 기도의 순간이기도 했다.

어쨌든 나의 구속은 부조리한 사회와 부패한 권력이라 생각하고 맞서 싸우려 했지만, 이내 아무리 발버둥 쳐도 우리 안을 벗어나지 못하는 연약한 어린양이라는 현실을 받아들여야 했다. 나는 그때 처음 언젠가는 나를 키워준, 나를 철저하게 배신한 한국을 떠나 새로운 세상으로 갈 것이라는 생각을 했다.

"지 대표, 변호사 구해야지."

"왜 그렇게 가만히 있어. 당신은 사장이기 때문에 실형을 받을 수도 있다고. 그러면 너무 억울하잖아. 고집부리지 말고 그냥 현실이랑 타협하자."

"내 죄명이 변호사법 위반이란다. 그런데 어떻게 나의 변론을 변호사에게 맡기라고? 이 더러운 세상에서 내 변론은 내가 하고 싶다."

　면회를 오는 지인들이 나에게 변호사를 선임해야 한다는 조언을 했지만, 죄명이 '변호사법' 위반이라 하는데 그들에게 나의 변론을 맡긴다는 것은 나의 마지막 자존심이 허락하지 않았다. 나를 가두고 무너뜨린 실체를 알 수 없는 권력과 약육강식이 지배하는 사회 부조리에 순순히 복종하고 싶지 않았고, 차라리 무심한 돌이 되고 싶었다.

　하지만, 구치소에서의 시간이 흘러갈수록 기약할 수 없는 내일에 대한 두려움이 나를 설득하고, 우선은 이곳을 벗어나야 한다며 자문하고 있는 나는 점점 나약해지고 비겁해지기 시작했다.

　'아냐, 이것은 달걀로 바위 치기같이 어리석은 일이야. 부모님, 자식들 생각도 해야지. 내가 독립운동 한 것도 아니고, 민주화운동 한 것도 아니잖아. 세상이 보기에 나는 그저 먹고살기 위해 몸부림쳤던 경매 브로커였을 뿐이라 생각할 거야. 선경아, 그럼 너무 억울하잖아. 적당히 타협하고 다음 기회를 모색해보자….'

　그때 함께 구속되었던 직원들은 영장 실질 심사를 받을 때부터 부모, 형제, 가족들의 도움을 받아 각자 변호사를 선임하고 재판을 준비하고 있었다. 결국, 점점 초라해지는 내 모습을 지켜보던 한 지인이 변호사 선임을 도와주고 내가 활동했던 사회단체에서 청원서를 받아 제출하는 등 헌신적인 노력으로 나는 두 달 만에 구치소를 나올 수 있었다.

하지만 출소 후 아무도 내 곁을 지켜주지 않았던 부모, 형제와 아내에 대한 배신감이 자유를 빼앗기고 구속된 구치소의 작은 방보다 훨씬 아프게 다가왔다. 잘못된 국가 권력과 사회 부조리에 내동댕이쳐질 때, 내가 지금까지 섬기고 지킨 내 가족과 형제들은 어디에 있었는가? 강도 만난 사람처럼 엉망진창이 되었을 때 내겐 스쳐 지나가는 착한 사마리아인만 있었는가? '모두 어려운 상황이었으니 그럴 수밖에 없었을 거야.'라고 나 스스로 위로하려 했지만, 형제와 가족에게까지 버림받은 내 인생이 한없이 바보스럽고 후회스러웠다.

부모님을 떠나 사회생활을 시작할 때부터, 나는 매일 아침 하루를 부모님께 문안 인사드리는 것으로 일과를 시작했다. 그런데 내가 구치소에 들어가 있는 동안에는 부모님께 안부 전화를 드리지 못하는 것이 내겐 제일 걱정이었다. 구치소에서 부모님께 안부 전화를 허락할 리 만무했지만, 아들이 구치소에 수감되어 있다는 사실을 아시게 되면 당신들의 실망은 어찌하겠는가?

"친구야, 나 부탁 하나만 하자."

"그래, 무슨 부탁인데?"

"나 구치소에 있는 동안 우리 부모님께 돈 좀 보내줄 수 있겠냐?"

나는 시골에 계신 부모님께 매달 보내드리던 생활비가 제일 걱정이었다. 손발이 묶여 모든 것을 빼앗긴 나는 구치소를 면회 온 친구에게 사정을 이야기했다. 그런데 사실 나는 부모님의 생활비뿐 아니라, 가족의 생계와 어린 자녀들의 양육 걱정 때문에 구치소 내에서 밤잠을 설치는 날들이 많았다. 내 힘으로 아무것도 할 수 없었던 구치소 생활이었지만, 그렇다고 가장으로서, 아버지로서 역할을 외면한 채 있을 수만은 없었다.

그래서 나는 내게 면회를 왔던 이동통신사 대리점을 운영하는 지인에게 그때까지 관리하던 가입자를 이자로 주기로 약속하고 아내에게 매달 얼마간의 생활비를 보내주었다. 내가 구치소에서 할 수 있는 것은 그것이 최선이었다.

하지만 변호사 선임은커녕 소비하던 크기를 줄이지 못한 아내는 오랫동안 들어오던 흥국보험도 다 해지하였고, 출소한 후의 나를 대하는 태도 또한 예전과 변한 것이 없었다. 사실 나는 구치소에 있는 동안, 그간 아내와 함께했던 결혼 생활을 뒤돌아보며 장문의 이혼 편지를 썼다.

그동안의 결혼 생활도 원만하지는 않았지만, 내가 구치소에 갇혀있는 동안 석방을 위해 어떠한 노력도 하지 않았던 아내에게서 더 이상 우리의 인연은 무의미함을 깨달았기 때문이다.

하지만 두툼한 편지를 재킷 안주머니에 깊숙이 꽂고 구치소를 나와 아파트 현관문을 들어설 때, 반가움에 달려 나오는 내 아이들을 보는 순간, 나는 나를 버릴 수밖에 없었다. 저 천진난만한 내 자식들의 상처는 어떻게 할 것인가? 그녀와 나는 행복을 찾아 떠나면 되지만, 내 사랑하는 자식들은 무슨 죄가 있는가? 우리 아이들에겐 현명한 계모보다는 야단치는 친모가 좋을 것이고, 내가 혼자 잘 키울 수 있다고 구치소에서 몇 번이나 되뇌었지만, 아이들은 제 엄마를 원할 것이다.

출소하는 날, 성경의 잠언을 수없이 읽으며 몇 날 며칠 밤새도록 쓰고 지우기를 반복한 10여 장의 편지를, 자식들만 생각하고 살겠다고 다짐하며 아무도 몰래 휴지통에 던져 버렸다. 어쨌든 출소 후 나는 세상의 따갑고 냉정한 시선이 싫었고, 여전히 안식할 수 없는 가정에 회의를 느끼며 갈길 몰라 방황하고 있던 어느 날, 전혀 생각지 않았던 전화 한 통을 받는다.

"사장님, 저 기억하시죠? 지금까지 절약하며 모은 돈 7,000만 원 정도 있는데, 공무원이 무슨 돈이 있나요? 사장님이 저 좀 한 번만 도와주세요."

그 사람은 구치소 좁은 방에서 허공만 쳐다보며 세상을 원망하고 있을 때 가끔 나를 밖으로 불러내 봉지 커피를 타주며 나를 위로하던 고마운 교도관이었다. 그 교도관은 뉴스를 통해서 내가 부동산 경매 사건으로 수감되었던 사실을 알았고, 생활정보지를 통해서 '부동산 갤러리', 나의 회사를 익히 알고 있었던 사람이었다.

그 사람은 나의 경험을 빌려 재테크를 도와주기를 원했고, 나는 그 교도관을 위해 수도권에 있는 재산이 될 만한 경매 물건을 찾아 낙찰받도록 도와주었다. 집행 유예기간이라 공개적 활동을 할 수 없던 시기에 조심스레 낙찰받아 주었던 그 포천 땅은 지금쯤 아마 금값이 되었을 것이다.

하지만 이 사건의 후유증은 그때부터였다. 법인 '부동산 갤러리'를 통해 생긴 모든 수익금은 불법 추징금이란 명목으로 나라에 빼앗겼고, 나의 아파트마저 경매가 진행되어 누군가의 보금자리로 물려 주어야 했다. 2002년 월드컵으로 온 나라가 떠들썩했던 그때 나는 또다시 인생의 밑바닥이 되었고, 이 사건으로 인해 나는 빈털터리가 되었다.

구치소의 생활은 웃프지만 나름 나에게 유익했던 점도 있었다. 그동안 앞만 보고 허둥지둥 살아오다 삶을 뒤돌아보는 브레이크 타임을 가졌던 일, 거의 두 달여 동안 사업과 청년회의소 활동 등 각종 모임을 핑계로 찌들어진 술과 담배에서 해방된 일, 그중에서도 가장 유익했던 일은 그동안 바쁘다는 핑계로 등한시했던 좋은 책을 많이 읽은 것이다.

구치소 면회 오던 사람들이 가끔 영치금을 넣어 줄 때도 있지만, 5.5평의 작은 방에서 내게 가장 필요한 것은 책이었다. 종일 허공만 쳐다보고 있을 나를 위해 많은 사람들은 성경책과 철학 서적 등 새로운 삶의 지표와 도움이 되는 각종 서적을 보내주었다. 그중에서 가장 감명 깊게 읽은 책은 '꿈은 시련을 터널을 통과해야 하고, 꿈꾸는 자는 훈련을 통해서 준비된다'는 제목의『꿈꾸는 자가 오는도다』라는 책이었다.

성경 창세기 37장에서 50장까지 나오는 꿈꾸는 자를 준비시키는 하나님, 그 꿈을 기억하며 믿음으로 살아가는 요셉의 이야기가 담긴 책이었다. 형제들로부터 버림받아 타국에 노예로 팔려가고, 보디발의 아내를 추행했다는 억울한 누명으로 옥살이해야 하는 상황, 믿었던 술 관원에게 도움받지 못하고 시련만 계속되는 요셉의 처지가 꼭 나의 이야기를 하는 것처럼 내게 위안이었고, 나에게 주는 하나님의 메시지로 읽혔다. 나는 처음으로 성경 속 인물인 요셉을 만나면서 고난은 유익이 되며, 그 안에서 내가 모르는 하나님의 섭리는 나를 통하여 하나님의 영광을 위해 움직이고 있음을 믿게 되었다.

'나도 꿈꾸는 자가 될 수 있다. 나는 다시 시작하고 싶다…'

인생 제2막

여호와께서 아브람에게 이르시되

너는 너의 고향과 친척과 아버지의 집을 떠나

내가 네게 보여 줄 땅으로 가라

-창세기 12장 1절-

제1장

꿈을 찾아 떠난 머나먼 남쪽 나라 필리핀

백두산석 마도진이요,   **백두산의 돌을 칼 갈아 없애고**

두만강수 음마무라.   **두만강의 물을 말 먹여 마르게 하리**

남아이십 미평국이면,   **사나이 스물에 나를 평정하지 못하면**

후세수칭 대장부리요.   **후세에 누가 대장부가 칭하리오**

꿈이 많던 학창시절에 내가 좋아하며 읊조리던 '북정가'라는 시가 생각난다. 조선시대 남이 장군이 이 시에 난을 평정하고 돌아오는 길에 백두산에 평정비를 세우며 비문에 새긴 시로 어린 시절 나는 20세의 대장부의 기개를 흠모했었다. 하지만 나는 불혹을 훌쩍 넘는 나이에도 수신제가 조차 하지 못하는 아무것도 이룬것이 없는 무명한 자, 스스로를 추스리지 못하는 졸장부의 삶을 살고 있었다.

어쨌든, 나는 구치소에 있을 때부터 기회가 되면 언제든지 나를 배신한 조국을 떠나겠다고 다짐하며 새로운 세상에서 다시 한번 한국에서 못다 한 꿈을 이루겠다는 생각을 했다.

늦었다고 머물러 있을 수는 없지 않은가

새로운 곳으로 떠나자. 그곳에서 다시 시작하자.

그곳에서는 나의 꿈을 이룰 수 있을 거야

나는 박상민의 '지중해' 라는 노래를 흥얼거리며

세계 지도를 펼쳐놓았다.

지.중.해

돌아가는 길에 나를 내려줘

나도 내가 사는 곳에 가지 않을래

돌아오는 길은 너무 멀지만 더 이상은

나를 버리고 살 순 없어 떠나자 지중해로

잠든 너의 꿈을 모두 깨워봐

나와 함께 가는 거야 늦지는 않았어

가보자 지중해로, 늦었으면 어때

내 손을 잡아봐 후회 없이 우리 다시 사는 거야

떠나자…, 떠나자!

20세에 남이 장군처럼 사나이로 태어나 세상을 평정하지 못하더라도 내 나이 50세엔 내가 만든 세상, 나의 이름으로 지어진 공간은 구글 지도에라도 있어야 하지 않겠는가? 그렇게 고민하며 선택한 곳은 나의 노래방 18번처럼 지중해가 아닌 필리핀 앙헬레스였다.

1. 백제성의 아침

때마침 한국에서는 모 방송 프로그램에 「은퇴의 천국 필리핀, 내가 찾던 파라다이스」 방영 이후로 은퇴 이민에 관한 관심이 많아지고 있었다. 필리핀 정부에서도 '은퇴청'이라는 국가기관을 만들고 세계 여러 나라에 자국으로의 은퇴 이민을 홍보하고 권유하고 있을 때였다.

나는 '락소'라는 필리핀 은퇴청 대행사를 통하여 20여 명의 이민에 관심 있는 사람들과 필리핀 여러 곳을 답사한 후, 지금 여기 앙헬레스에 정착하기로 했다. 젊은 시절 친구들과 함께 사업을 하겠다고 무작정 상경했던 패기와 설렘은 아직도 내 마음속에 남아 있었고, 전원주택단지를 만들겠다는 포부로 나는 필리핀에 '백제성의 아침'이란 회사를 설립했다.

'백제성의 아침(BACK JAE SUNG A CHIM)', 영어를 국어로 사용하는 필리핀에서 사용할 법인명으로는 어울리지 않았지만, 나는 여전히 한국 사람이었고, 나의 조국을 사랑했다.

그 무렵, 필리핀에서는 우리나라 드라마 「주몽」이 전무후무할 정도의 히트를 기록하며 시청률 1위를 달리고 있었다. 주몽 드라마가 방영되는 시간에는 거리에 사람이 없을 정도였으니, 나는 초창기의 한류는 드라마로부터 시작되었던 것이 아닌가 생각한다. 나도 한때 주몽 드라마를 흥미 있게 보았고, 특히 고구려와 신라 사이에서도 독특한 선진 문화를 꽃피우며 일본까지 영향을 끼친 백제에 관심이 있었다. 그리고 나의 고향 충북 제천은 지정학적으로 삼국의 중심에 위치하고 있었지만, 백제에 속해 있을 때가 많았기 때문에 법인명으로 사용하기로 했다.

Back Jae Sung A Chim Village Project

㈜ Back Jae Sung

그리고 이제 K-문화와 선진 한국의 건축기술을 필리핀 이민 사회로 접목해 새로운 개념의 주택단지를 만들어 보고 싶었다. 시대적 트렌드와 한류의 정서를 담아낸 이름, 그리고 못다 핀 꽃 한 송이 백제의 한, 그것이 바로 '법인 백제성의 아침'이었다.

열대 과일의 대명사 망고나무와 어우러진 한국식 전원 주택 단지, 빌리지를 상징하는 게이트는 백제의 성루처럼 2층으로 만들고, 한국식 기와지붕으로 울타리를 꾸미며, 200여 평의 마당에 푸른 잔디를 폭신하게 깔고, 노랗게 익어가는 열대과일 한 그루씩 뒤뜰에 가꾸고 삶에 지친 사람들의 편안한 휴식처를 만들어 보자. 그리고 필리핀 가정부와 운전기사와 함께 살아가며, 때론 골프와 낚시, 승마를 즐길 수 있는 여유로운 생활환경을 필리핀에 만들고자 했다.

나는 곧 머릿속으로 스케치한 꿈과 계획을 가슴에 품고, 렌터카를 빌려 몇 달 동안 마땅한 전원주택 부지를 찾아 수소문하며 여기저기 바쁘게 돌아다녔다.

드디어 6개월여 후에 나는 맘에 드는 부지를 발견했고, 그 땅은 열대 망고나무가 천여 그루 이상 있는 꽤 넓은 밭이었다. 눈앞에 펼쳐진 부지를 보고 있자니 꿈이 이루어진 듯 마음이 조급해졌고, 머릿속은 이미 완공을 마친 후 빌리지 오픈식에 초대할 드라마 '주몽'의 주인공에게 편지를 쓰고 있었다. 섭외비가 몇천만 원이 들더라도 배우 송일국을 이 자리에 초대해서 필리핀 관계자들과 조국을 떠나온 은퇴이민자들과 함께 멋진 오픈 행사까지도 마음속에 그리고 있었다.

몇 날 며칠을 그곳에 다시 찾아가 이곳저곳 망고밭을 살펴보던 중, 그 망고밭에서 일하고 있던 필리핀 사람이 어슬렁거리는 나를 경계하는 눈빛으로 다가와 말을 걸었다. 그는 현재 그 땅을 빌려 망고 농사와 닭장을 대규모로 운영하던 사람이었는데 갑작스러운 외국인의 출현으로 내심 불안함을 느끼는 것 같았다. 나는 자초지종을 이야기하고 그 땅을 매입해서 한국식 전원주택을 만들고자 마닐라에 있는 이 땅 주인과 흥정하고 있음을 솔직히 고백했다.

"그렇군요, 만약에 계약이 성사되면 저를 사장님의 직원으로 채용해주시면 어떻겠습니까? 전 이 동네에서 오래 살았기 때문에 건축 공사 시 무슨 일이 생기더라도 제가 도움을 드릴 수 있습니다."

"네, 알았습니다, 이곳에 전원주택이 들어오면 당신도 삶의 터전을 잃고, 저로 인하여 당신은 망고 농사도 지을 수 없으니 그렇게 하겠습니다."

나는 그 후 앙헬레스에서 땅 주인이 살고 있는 마닐라를 오가며 몇 개월에 걸친 고생 끝에 예상보다 낮은 매각대금으로 흥정을 이끌어냈다.

그런데 며칠 후, 마지못해 매매 대금을 수용하겠다던 땅 주인으로부터 이메일로 일방적인 연락 한 통을 받으며 그간 수 개월간의 노력과 꿈은 한순간에 물거품이 되어 버렸다.

"미스터 지, 미안하다. 나는 당신이 제시한 가격으로 계약하려고 했다. 하지만 내가 당신에게 매각하려는 가격을 현재 임차인이 알고는 그 금액이면 본인이 땅을 사겠다고 한다. 순서상으로는 먼저 땅을 사겠다고 한 당신에게 파는 것이 맞겠으나, 도의상 10년 이상 땅을 빌려 쓰고 있는 그 사람에게 파는 것이 마음이 편할 것 같다. 진심으로 미안하다."

2. SK 콘도텔

　　　　　빌리지 사업의 꿈이 무산되자 나는 다시 허탈감에 빠졌다. 호텔 방에 박혀서 도통 풀리지 않는 내 삶을 원망하며 술로 하루하루를 보내고, 필리핀 밤 문화에 몸을 맡기는 의미 없는 시간을 보내기도 했다.

　그러던 어느 날, 거울 속에 초췌하게 비친 내 모습을 보며 화가 치밀어 올라왔고, 곰곰이 다시 생각해 뒤돌아보니 모든 것이 무리수였다. 사실 나는 또 이 망고밭을 사기 위해 한국에 있는 아파트 전세금을 빼고 아는 지인에게 필리핀 전원주택 분양을 약속하며, 차용증을 쓰고 돈을 빌려 계약금을 마련했다. 매매 대금의 10%를 준비하고 중도금과 잔금을 분양해서 충당한다는 계획이었으니 어쩌면 잘된 일이라고 스스로 위로하며 나는 여기서 또 다른 출구를 찾아야 했다.

　실의에 빠진 채 서너 달 동안 호텔에서 무의미한 시간을 보낼 때, 나는 거실 하나 없고 작은 창문만 하나 있는 호텔의 제한된 공간의 답답함이 싫었다. 그리고 가끔 신라면 하나 끓여 먹을 수 있는 주방 시설이 있으면, 관광으로 며칠 묵어가는 손님뿐만 아니라 나처럼 사업을 하기 위해 오는 장기손님에게도 인기가 있겠다는 생각을 했다. 그리고 여유가 생길 때까지 백제성의 아침, 빌리지 사업은 잠시 가슴에 묻고 우선 작은 규모의 호텔 사업부터 시작하는 것이 순리라고 생각했다.

또한, 콘도텔을 짓고 운영하고자 했던 것은 나름 공사비가 부족하거나 예기치 않은 일이 발생할 경우를 대처하기 위한 아이템이기도 했다. 백제성 아침이 첫 번째 프로젝트 빌리지 사업처럼 또 다른 경우의 수를 대비하지 않으면 안 된다는 학습효과도 있었다.

콘도식 호텔을 지으면 여러 가지 상황을 풀어나갈 수 있는 대안이 있다. 호텔 건물을 짓다가 자금이 없어 완공할 수 없으면 개별등기를 할 수 있는 콘도텔은 '분양'이라는 차선책을 강구할 수 있다는 것이다. 호텔은 단일건축물로 인정되기에 분양할 수 없지만, 콘도 개념의 호텔은 개별 분양뿐 아니라 임대 사업까지도 할 수 있기 때문이었다. 일부만 분양하더라도 부족한 공사비를 충당할 수 있으리란 계산이 선 것이다.

3. 새로운 도전과 텃세

　　　　나는 다시 묵고 있는 호텔을 빠져나와 새로운 사업을 위해 렌터카에 올라탔다. 내가 한국을 떠나 다른 나라에서 제2의 인생을 설계하고자 했던 곳은 아시아의 홍등가로 불리는 필리핀 '앙헬레스', 밤 문화와 골프, 카지노 같은 유흥문화가 발달한 곳이다. 최근 최민식 주연의 드라마 『카지노』가 이곳을 배경으로 촬영되고 넷플릭스를 통해 소개되면서 필리핀 앙헬레스가 다시금 주목받기도 했다.

　이곳은 오래전부터 미국 태평양 공군기지가 있어 인프라가 잘되어 있고, 50km 떨어진 수빅만에는 항공모함까지 정박할 수 있는 항만이 있어 필리핀 물류 중심지로 성장하고 있는 도시이기도 하다.

　나는 다시 호텔 부지가 될 만한 곳을 이곳저곳 찾아 헤맸지만 한 가지 원칙이 있었다. 그 기준은 한국인 호텔이 자리 잡고 있는 코리아타운을 벗어나 외국계 호텔이 밀집된 지역에서 콘도텔을 짓는 것이었다.

　나는 몇 달을 여기저기 수소문 끝에 지금의 호텔 부지를 발견하고, 세밀한 측량을 한 후, 이 대지에 어떤 모습으로 콘도텔을 짓는 것이 효율적인 방법인지를 수없이 스케치했다. 그리고 나는 공사현장 위에 한국으로부터 호텔 조감도를 만들어 와 세우고 울타리를 쳤다. 하지만 지금부터가 시작이었다. 한국 건축법도 모르는 나에게 영어로 된 필리핀 건축법을 공부하며 시공해야 하는 난제들이 나를 기다리고 있었다.

외국에서 사업을 하려면 여러 가지 어려운 점이 국내보다는 배가 되겠지만, 그중에서도 가장 조심해야 할 것은 한국 사람을 잘 만나야 한다는 이야기가 있다. 이곳의 물정을 모르기 때문에 이미 이민 생활을 경험한 교민들의 도움을 받으며 의지하고 싶은 마음이 오히려 일이 더 복잡하게 꼬이는 하는 경우가 많기 때문이다. 그래서 나는 누구의 도움도 없이 직접 부딪치기로 결심하고, 한국에서 만들어온 조감도를 들고 필리핀 시청의 건축 담당 최고 책임자를 바로 찾아갔다. 물론 여러 건축에 관련된 여러 부서를 일일이 돌아다니며 수순을 밟아야 했겠지만, 나는 담당 국장에게 단도직입적으로 나의 건축 계획을 설명했다.
　"나는 필리핀 관광을 위해 입국하는 많은 외국인들의 편안한 숙소를 짓기 위해 이곳에 왔습니다. 하지만 영어도 서툴고 건축경험도 없는 사람입니다. 더군다나 필리핀 건축법을 모릅니다. 건축에 관해 당신이 도와주면 나는 여기에 아담하고 멋진 호텔을 지을 수 있습니다."

"걱정하지 말아요. 나의 이 자리는 당신처럼 필리핀에 투자하기 위해 온 사업가들을 돕기 위해 있는 자리입니다. 기꺼이 도와드리겠습니다."

물론 그 사람에게 소정의 사례비를 주고 도움을 받았지만, 몇 번 만난 한국 사람을 통해서 건축허가를 받더라도 또 어쩌다 불미스러운 생겼을 때를 생각하면 훨씬 간결했다. 그 담당 국장은 나름 깨어있는 필리핀 공무원이어서 도움을 주고자 노력했고, 내 생각과 계획을 반영하여 조감도에 맞춘 설계도면을 그려줄 건축 설계사까지 소개해주었다, 설계사가 그 사람의 사촌 동생이란 것을 다음에 알게 되었지만.

어쨌든 되는 것도 없고, 안 되는 것도 없는 나라, 필리핀 사업은 그야말로 하루하루가 새로운 도전이었다.

지금까지 한국에서도 미용 사업. 렌탈 사업, 위성안테나 설치, 이동통신 사업, 부동산 경매 및 잠시 전원택지 분양도 해보았지만, 사실 나는 건축에 기본인 삽자루 한 번 잡아보지 않았던 사람이다. 고등학교 때도 문과였고 잠시나마 다닌 대학도 인문계열이었으니 건축에 대해서는 거의 문외한이라 할 수 있다. 그런 내가 타국에서 땅을 사서 말도 통하지 않는 필리핀 공사 인부들을 데리고 호텔 건물을 짓는다는 것은 불가능한 꿈을 꾸던 '돈키호테'의 모험이었다.

불가능한 꿈을 꾸는 것

무적의 적수를 이기며

견딜 수 없는 고통을 견디고

고귀한 이상을 위해 죽는 것

잘못을 고칠 줄 알며

순수함과 선의로 사랑하는 것

불가능한 꿈속에서 사랑에 빠지고

믿음을 갖고 별에 닿는 것

어쨌든, 인허가를 취득하고 나서 지하 골조공사부터 시작해 건물 1층을 마무리할 때의 일이다. 이 건축 공정에서 슬래브를 치려면 일단 지붕에 철근을 깔고 시멘트와 자갈 모래가 섞인 레미콘을 동원해야만 한다. 이 과정에서 건축가들은 '루베($1m^3$)'나 '헤베($1m^2$)' 등 생소한 이야기들을 많이 하고, 시멘트와 자갈 모래를 섞은 레미콘을 실은 트럭이 몇십대 정도 필요한지 가늠하기도 한다.

"그런데 루베는 뭐고, 헤베는 뭐냐?"

"지붕 두께를 몇cm로 하느냐에 따라 레미콘 양이 달라집니다. 대충 그런 이야기예요."

사실 내가 데리고 일하던 윌리라는 필리핀 공사현장 소장은 이 만큼도 내게 친절하게 설명해주지 않고 무조건 본인을 믿고 따라오라는 거였다. 하지만 나는 최소한의 건축 용어마저도 모르는 나의 무지를 더 이상 필리핀 직원들에게 들키고 싶지 않아 한국 사람이 시공하는 건축 현장을 찾아다니며 자문을 구하고 배우며 건축했다. 그런 기본적인 건축 용어부터 낯설었으니 건물을 짓는 모든 과정이 내겐 첩첩산중이었고, 층 공사를 마무리하는 슬라브 치는 일은 레미콘 양에 따라 공사비가 달라지는 중요한 과정이었다.

필리핀이라는 산, 건축이라는 높은 산, 하지만 지나고 보니 그보다도 더 높은 산은 서로 다른 문화에서 오는 갈등과 소통의 어려움이 아니었을까 싶다.

내가 필리핀에 있으면서 느꼈던 가장 당황스러웠던 것은 그들은 아임쏘리(I'm sorry.)라는 표현을 좀처럼 하지 않는다는 것이다. 그대신 그들은 액시던트(Accident)라는 표현을 더 많이 사용하곤 했다. 필리핀에서 오래 살았던 많은 외국인들은 그들이 오랫동안 스페인 및 외국의 지배를 받으면서 잘못했다 인정하면 더욱더 엄한 징계를 받았던 경험이 있기에 그 말은 잘 사용하지 않는다 했다. 식민지 생활을 했던 약소민족으로서 자신들의 잘못을 시인하는 순간 죽임을 당해야 했다면, 그들에게 있어 '아임쏘리'를 대체할 수 있는 단어 '액시던트'는 구원의 단어였기도 했다.

하지만 건축현장에서 잘못을 인정하지 않는 그들의 태도 때문에 건축을 시작하면서 나를 힘들게 만들었던 초창기의 일을 기억해본다.

호텔 건축공사를 시작했지만 나는 포장이 안 된 울퉁불퉁한 진입로가 공사 내내 계속 마음에 걸렸다. 물론 공유 이면도로였지만 호텔을 찾아오는 손님들에겐 회사 이미지와 직결되는 호텔 초입이라서 그냥 두고 볼 수만은 없었다.

내가 계획하는 콘도텔을 멋지게 완성하려면 주변 환경부터 정비해야겠다는 결심을 하고, 공유도로지만 사비를 들여서라도 아스팔트 도로포장으로 만들어야겠다고 생각을 했다. 그래서 나는 수천만 원의 예산을 들여 지저분한 자갈들이 드러난 울퉁불퉁한 도로를 정비하려고 레미콘 수십 대를 동네 어귀에 불러 세웠다. 호텔까지 100m 정도의 진입로였지만, 이왕 시작한 거라면 골목 끝까지 포장해야겠다고 마음먹으며 초과예산을 감수하면서 진입로 공사를 마쳤다.

엉성한 시멘트가 벗겨져 비가 오면 웅덩이 서너 개가 생기던 도로가 매끈한 아스팔트 길로 완성되던 날, 제일 먼저 동네 꼬마들이 집에서 뛰쳐나와 반기며 신나게 놀던 모습이 지금도 아련하다. 그 골목길을 함께 이용하는 동네 사람들도 "다음에 당신이 동장 선거에 나가면 우리가 찍어줄게."라는 농담을 건네며 내게 감사의 마음을 표시하기도 했다.

하지만 도로포장을 끝낸 후 며칠이 지났을 어느 날 아침, 공사현장에 출근해보니 깔끔하게 포장되었던 도로의 한 부분이 크게 훼손되어 있었다.

"아니, 이거 어떻게 된 겁니까?"

"…."

건축현장에 자갈과 모래를 실어 나르던 덤프트럭이 자재를 하차하는 과정에서 운전기사의 실수가 있었단다. 좁은 골목에서 모래를 가득 실은 덤프트럭이 골재 하차를 위해 직진, 후진을 반복하는 과정에 미처 마르지 않은 도로를 훼손한 것이었다.

"아직 완전하게 포장이 굳어지기 전인데 조심했어야지. 이 훼손된 도로를 어떻게 하실 겁니까?"

나는 그때까지 건축에 필요한 모든 건축자재를 그 회사를 통하여 구입했고, 앞으로도 공사가 끝나려면 훨씬 더 많은 물량이 필요할 텐데, 그는 미안하다는 말 대신 일하다 보면 생기는 우연한 사고였다는 것이다.

"사고(accident)였어요."

"뭐라고요?"

"단지 사고라고요. 그건."

"당신 나에게 이 말밖에 할 수 없나요?"

"물론이죠. 공사하다 보면 있을 수 있는 일이죠."

나랑 거래 관계가 없더라도 그 정도 상황이면 상시적으로 죄송한 마음과 변상의 사과를 할 만한데, 한국 사람인 나는 그 필리핀 사람의 태도를 도저히 이해할 수 없었다. 그때 나는 곱게 단장된 포장도로가 훼손된 것보다 그저 사고였을 뿐이라고 당당하게 말하는 그 사람의 태도 때문에 나의 마음은 더욱 상처를 받았다.

망가진 도로를 보수하려면 포장 인력을 다시 불러 재시공해야 하고, 보수를 하더라도 사고 난 자리가 오랫동안 남을 텐데, 그 사람은 그저 실수라는 거다. 물론 보수에 필요한 모래, 자갈 한 차분 값이 돈으론 얼마 되지 않겠지만, 나는 사과할 줄 모르는 이 필리핀 사람과는 더 이상의 거래를 하고 싶지 않았다. 사실 한국인 정서로 말하면, 처음부터 본인의 부주의함을 인정하고 '미안하다, 잘못했다' 한마디만 했으면 될 일이었다.

나는 앞으로 남은 건축 공정을 생각하면서 이 일의 과실을 정확하게 짚고 넘어가지 않는다면 앞으로의 공사 과정에서 일어날 또 다른 문제들에 대해서 대처하기가 쉽지 않겠다는 판단을 했다. 또 그 사람뿐만 아니라 공사현장 인부들이 큰 실수를 하고도 단순한 사고라고 이야기하며 대수롭지 않게 생각하면 보호장비 없이 일하는 저들을 어찌 통제하겠는가?

나는 일벌백계한다는 마음으로 사고를 친 골재회사와 거래를 중단하고 다른 업체를 찾아 공사를 진행하였다. 하지만 그 다음 날 아침, 공사현장 인부들이 사용하지 말라고 한 그 골재를 실수로 다시 사용하면서 갈등은 더욱 깊어졌다.

나는 이 문제는 내가 나서는 것보다 필리핀 사람끼리 해결하는 것이 좋겠다는 판단이 들어 공사현장을 총괄하는, 고용하고 있던 현장 소장을 호출했다.

현장 소장은 필리핀 인부들을 관리하고 공사현장을 감독하는 사람이었고, 외국인이었던 나는 다른 건축회사보다 두 배나 많은 급여를 챙겨주며 신뢰를 주었던 사람이었다. 하지만 나의 현장 소장은 건축주와 거래처 사장 간에 이렇게 큰 다툼이 일어났는데도 공사현장에만 신경 쓰는 듯 무관심한 태도로 일관하며 사태를 관망하고 있었다. 외국계 회사라는 이유로, 한국 사람이라는 이유로 사실 필리핀 사람들이라면 겪지 않아도 되는 일들을 교민들은 자주 경험할 수밖에 없음을 인정하며 이곳에 산다. 그래서 평상시 필리핀 직원들을 내 식구처럼 대우를 해주며 함께 살아가자는 게 나의 철학이었고, 이런 어려운 상황을 만나면 그들도 역시 내 편에 서서 도와주기를 내심 기대하고 있었다.

"왜 당신은 가만히 보기만 하고 있지요?"

"그럼 제가 어떻게 할까요?"

"우리 보스가 이래저래서 화가 났다고 설명을 하고, 당신은 건축현장을 관리하는 소장으로서 나보다 먼저 이의를 제기해야 하는 것 아닙니까?"

그러자 현장 소장은 나를 이해하지 못하겠다는 안타까운 표정으로 이렇게 말했다.

"보스, 하이 보이스 노 굿 비즈니스 히어(high voice no good business here)."

당신이 필리핀에서 사업을 하려면 어떤 상황이라도 큰 소리로 말하는 것은 사업에 전혀 도움이 되지 않는다고 오히려 나를 설득하려 하는 것이었다. 현장 소장은 자갈이나 모래 등 레미콘 사업을 하는 정도면 함부로 대할 수 없는 힘 있는 사람이고, 나 몰래 그 회사로부터 커미션도 챙기고 있었기 때문에 그에게 불만을 제기하기보다는 만만한 내게 충고를 한 것이었다. 나를 바라보며 조용히 이야기하는 현장 소장의 충고는 묘한 긴장감과 함께 거래처 관리보다는 현장 소장을 먼저 정리하는 것이 순서라는 비장함마저 들도록 했다.

한국을 떠나 사업을 하겠다고 다짐하고 태평양을 건너 필리핀까지 왔지만, 현실은 생각보다 더 냉엄하고 결코 내게 호락호락하지 않았다. 1년 넘게 고용하면서 모든 것을 믿고 공사현장을 맡겼던 직원에게서 들은, 비정한 현실을 일깨워준 이 한마디는 지금까지 내 가슴속에 교훈처럼 남아 있다.

현장 소장의 충고에 무심코 길을 걷다 뒤통수를 얻어맞은 기분이었지만, 냉철한 판단이 필요한 순간이었고, 다음 건축 공정을 위해 다른 현장 소장이 필요한 중요한 순간이었다.

나는 며칠을 수소문 끝에 건축학을 전공한, 앙헬 시청에도 건축 인맥이 있는, 공사경험이 많은 새로운 필리핀 사람을 현장 소장으로 고용했다. 그리고 이전의 현장 소장과 모든 공사

인부들을 일거에 해고하면서 새로운 인부들이 공사현장에 투입될 것임을 기습적으로 통보했다. 해고된 직원들이 반발이 있을 거라는 예상은 했지만, 그렇게 하지 않으면 공사현장에 보관하는 건축자재의 분실과 이미 끝난 공정마저도 훼손하는 일이 많을 거라 예상했기 때문이다.

하지만 현실은 그보다 훨씬 더 큰 후유증으로 내게 다가왔다. 어느 날 필리핀 검찰청(NBI) 직원이 나를 찾아온 것이다.

"당신이 필리핀 건축법을 무시한 채 공사하고 있다는 것을 우리는 다 알고 있다. 그리고 불법해고는 여기서 큰 범법행위이고, 퇴직금도 줘야 한다."

내가 건축 관련해 필리핀 법을 어겼으니 조사를 해야 한다고 했다. 아니, 한국 건축법도 잘 모르는 내가 어떻게 필리핀 건축법을 알고 불법을 했겠는가? 필리핀 건축법을 모르는 나로서는 모든 것을 이전 해고된 현장 소장에게 맡겼고, 그의 관리하에서 허가된 설계도면에 의해서 공사를 진행했으니, 무엇이 문제인가? 물론 해고된 현장 소장이 나를 음해한 사건이었다.

만약 건축 공정 과정에서 법을 따르지 않은 부문이 있다면 그 사람보다 정확한 내막을 알고 있는 사람은 없지 않겠는가? 그 후로도 해고된 인부들은 나를 미행하고 나의 일거수일투족을 감시하며 공갈 협박도 일삼았지만, 얼마간의 시간이 지나자 검찰청 직원은 진실을 알게 되었다며 미안함을 전했고, 혹 공사 진행 중에 문제가 생기면 도와줄 수 있다고 성의까지 표시했다. 하지만 해고된 노동자들은 내가 이동하는 것을 어찌 알고 은행이나 식당 앞에서 시위하며 억지 주장을 멈추지 않았다. 그 후, 나는 총기를 소지한 보디가드를 고용하고 한동안 두려움과 외로움으로 밤잠을 설쳤지만, 오직 완공될 멋진 콘도텔만을 생각하며 건축공사를 이어나갔다.

필리핀이라는 곳은 아시아에서 유일하게 총기 소유가 자유로운 나라다. 합법적으로 소유한 총기뿐만 아니라 불법 총기류가 100만 점이 넘는다고 하니 총기 사고가 빈번하고 지인들도 몇 명 총기사고로 목숨을 잃었지만, 한국에서는 한 줄의 뉴스로도 보도된 적은 없는 서글픈 죽음들이 많다.

4. 공사 중단과 찜질방

　　나는 2007년에 한국을 떠나기로 결심하며 동남아 여러 곳을 다녀본 후 비교적 한국에서 가깝고 영어가 국어인 필리핀에 정착하기로 했다. 그리고 필리핀 여러 지역을 여행하며 시장조사를 한 후, 공항과 항만을 끼고 있는 이곳 앙헬레스에서 법인을 만들어 호텔 부지를 매입하고 2008년부터 건축을 시작하였다. 하지만 공사 시작한 지 수개월 후, 이름도 생소한 미국발 서브프라임 모기지론[2]이라는, 전혀 예기치 않았던 복병을 만나 시작부터 어려움을 겪었다.

　건축을 시작한 지 얼마 지나지 않아 나는 공사 진행보다 하루하루 요동치는 환율에 더 신경이 쓰였고, 건물 1층도 마무리하기 전, 끝도 없이 치솟는 환율을 버티지 못하고 공사를 멈출 수밖에 없었다. 우리나라 역시 세계적 환율 폭풍의 영향권에서 벗어나지 못한 채, 금융과 부동산 시장이 대부분 곤두박질 쳤고, 그 후유증은 나의 필리핀 공사 현장까지 쓰나미처럼 밀려왔다.

---

2) 서브프라임 모기지 사태(subprime mortgage crisis)는 미국에서 2007년부터 2010년까지의 일련의 경제위기 사건들로, 국제금융시장에 신용경색을 불러 2007~2008년 세계 금융 위기를 일으키는 데 직접적인 영향을 준 전 세계적 금융 위기이다.

그 당시 필리핀에 들어와 있던 토목, 건축 관련 많은 국내 기업들도 공사를 중단하고 철수해, 녹슨 철근과 부서진 벽돌만 보이는 부도난 건축물이 여기저기 많았다. 내가 처음 공사를 시작할 때는 환율이 대략 1,000~1100:1 정도를 예상하고 건축을 설계했고 자금조달의 계획을 세웠으나, 환율이 1,500:1 까지 치솟는 미국발 모기지론의 여파는 더이상 감내할 수가 없었다. 쉽게 표현하자면, 한국 돈 1억을 환전하면 10만 달러 되던 것이, 1억5천을 환전해야만 같은 액수의 돈을 마련할 수 있어 공사비가 50% 상승한다는 이야기이다.

세계 경제는 휘청거렸고, 국내외 모든 업계는 비상체제 돌입했으며, 건축 자재비도 30%나 인상되었다. 그 영향 때문에 건축비뿐만 아니라 공사 기간도 늘어나고 관리비도 점점 추가되는, 예기치 못한 역경은 그렇게 파도처럼 밀려와 나를 덮었다. 결국, 나는 모기지론의 풍란을 이기지 못하고 호텔 1층 슬래브 공사만을 마친 채 한국으로 돌아와야 했고, 환율이 안정될 때까지 공사를 중단하고 기다리는 것이 그나마 손해를 덜 보는 최선의 해결책이었다.

그리고 나는 한국으로 돌아와 모기지론 여파가 공사현장을 지나가기를 기다리며 차후의 건축 공정에 필요한 자금을 마련하기 위해 동분서주했다. 또한, 건축비 상승과 길어진 건축 공정의 손해를 보전하기 위해 필리핀 호텔 사업에 관심이 있을 투자자를 찾아 나서야 했다. 하지만 그것보다 더 시급한 것은 한국에 머무르는 동안 내가 기거할 마땅한 곳이 없다는 현실이었다. 나는 호텔부지 계약금으로 현금 유동이 빠른 한국에 있는 아파트 전세금을 사용했기 때문에 기거할 집이 없었고 친척이나 친구 집에 부탁하기도 자존심이 허락하지 않았다. 필리핀에서 호텔을 짓겠다고 큰소리치며 떠났다가 한국도 아닌 미국발 모기지론 때문에 공사가 중단되었다고 하면 지인뿐만 아니라 많은 사람들도 의아해할 것이기 때문이었다.

지역사회에서 사회활동도 많이 한 나였지만, 반기는 이 없고 갈 곳 없는 나는 월 15만 원으로 잠뿐만 아니라 아침저녁으로 씻을 수도 있는 찜질방을 찾아들어갔다. 그 찜질방에는 외지에 나와 공사판을 전전하거나 가정을 잃은 사람들이 많이 기거하고 있었고, 여관비를 감당할 수 없는 사람들의 숙소로도 이용되고 있었다. 들은 이야기로는 찜질방 생활을 하다가 조그만 방이라도 구하여 떠나는 사람도 있지만, 그것마저도 여의치 않으면 만화방을 찾아가고 더 힘들어지면 지하철 통로를 숙소로 이용하기 위해 찾아가는 것이 그들의 마지막 인생 여정이라 했다.

그들과 함께 10여 개월 찜질방에 머무는 동안 나는 허전한 마음을 잡고자 평창에 있는 월정사의 '단기승가대학' 문을 두

드리기도 하고, '마음수련원'을 찾기도 했다. '나는 누구인가?', '무엇을 소유하려 하는가?', '어디로 가려 하는가?' 정답은 없었다. 누구도 시원하게 대답해주지 않았다. 나의 정체성은 내 안에서 찾아야 했고, 나를 만드신 이에게 구해야 했다는 것을 알게 되었다. 결국, 나는 여기저기를 헤매다가 서울 어느 작은 교회를 알게 되어 성경 제자훈련을 받게 된다.

제자훈련을 받으면서 나는 왜 조국 고향을 떠나 필리핀으로 가게 되었는지를 자문하며 2천 년 전에 쓰인 성경책에서 오늘의 나를 발견하고자 노력했다. 그리고 나는 아무도 가지 않은 길이라 생각하며 달려왔던 지난날도 그분 안에 있었고, 벼랑 끝에서 발버둥 치며 삶을 포기하고 싶었을 때도 그분은 항상 내 손을 잡으시며 지켜주셨음을 깨닫게 되었다.

어쨌든 제자훈련이 끝나갈 때쯤 환율은 안정되었고, 나는 다시 필리핀 공사 재개를 위해 필리핀 투자에 관심 있는 사람을 만나기도 하고, 환율 때문에 매매가 힘들었던 땅을 처분하기 위해 동분서주했다.

"아빠, 나 대학교 등록금 내야 하는데."

"그래, 등록금이 얼마니?"

찜질방 구석에 앉아 성경책을 읽고 있던 어느 날, 필리핀에서 하숙하며 대학에 다니던 딸로부터 등록금을 내야 할 시기라고 전화가 온 것이다. 수업료라 해봐야 백만 원 조금 넘는 금액이었지만, 당장 내 수중엔 그만한 돈이 없었고, 아직 한국에 남아 있는 부동산은 팔리지 않아 난감했다. 그렇다고 청년회의소 회장까지 했다는 사람이 객지에서 만난 지인들에게 나의 구차한 이야기를 차마 할 수가 없어 어릴 적부터 함께 뛰어놀던 죽마고우에게 부탁했다. 하지만 그 고향 친구 눈에도 나는 그저 외국에서 사업하다가 망하고 돌아와 찜질방에서 초라하게 지내고 있는 빈털터리 지인으로 보일 뿐이었다. 허물없이 지낸 친구라고 생각했건만 나만의 착각이었고, 나는 그의 무덤덤한 거절에 '친구'라는 타이틀마저 휴지통 속으로 씁쓸하게 밀어 넣으며 쓴 소주 잔으로 우정을 대신하고 내일을 기약해야 했다.

지인에게 선물 받았던 다이아몬드 반지를 빌려주었지만, 그 친구는 분실했다는 단 한마디를 끝으로 그때까지 돌려주지 않았어도 우정이라 생각했던 나는 묘한 배신감을 느꼈다. 그 친구는 그 잃어버린 다이아몬드 반지를 기억이나 하고 있는지 모르겠다. 나는 그 일로 반지를 선물했던 지인과의 관계도 서먹서먹해져갔다.

물론 모든 사람이 내 마음과 같을 수는 없다는 것을 안다. 타인에게 이용당할 수 있거나 상처받지 않기 위해 나름 미리 방어하며 살아가는 것이 슬기로울 수도 있다. 하지만 나는 그 길이 편하지 않은 부류의 사람인가보다. 나는 항상 긍정적이고 매사에 자신감이 있다 보니, 어떤 관계에서 이런 일이 생기면 허용된 범위 내에서 모험을 한다.

어떤 친구가 나의 작은 도움에 힘입어 그의 큰 어려움을 극복할 수 있다면 그것보다 더 감사하고 보람된 일이 있겠는가? 약속이 지켜지지 않았을 때라도 나는 작은 것을 잃지만, 그 사람은 우정이라는 큰 것을 잃기 때문에 나는 그 친구가 최선을 다할 것이라고 믿는 편이다. 물론 살아오면서 이런 호기 때문에 많은 돈도 잃어 본의 아닌 헌금은 했지만, 그런 인간관계가 더 지속되었다면 더 큰 낭패를 볼 수 있는 일을 사전에 차단했음을 다행으로 생각하고 있다.

하지만 이런 호기 때문에 남에게 돈을 빌려주고 받지 못한 기념으로 생긴, 나에겐 훈장(?) 같은, 우리 집안의 소위 가보 1호로 생각하는 '88올림픽 기념 매달 세트 액자'가 있다. 한때 나의 호텔 손님이었던 사람에게서 기증받은 액자인데, 그 사연은 이렇다.

어느 날, 나는 호텔에 자주 방문했던 고객과 인사를 나누고 신실한 사람일 거라고 믿었던 손님에게서 전화 한 통화를 받는다. 그 사람은 다급한 목소리로 여러 가지 설명을 하며 예기치 않은 급한 상황을 만났는데 며칠 안에 돈을 돌려줄 수 있으니 한 번만 도와 달라는 것이었다.

'몇 번 만난 내게 돈을 빌려 달라고 할 정도면 이 사람은 얼마나 곤란한 상황일까?'

'내 수중의 500만 원으로 물에 빠진 이 사람을 구할 수 있다면 이보다 더 가치 있는 일이 있겠는가?'라는 생각으로 더 이상 묻지도 따지지 않은 채 계좌번호를 받아적었다. 스스로 사내다운 행동이고 나는 참 괜찮은 놈이라고 자위하면서…. 하지만 돈을 빌려 간 후, 그 사람은 얼마간 연락을 끊었고, 나의 채근에 차일피일 상환을 미루면서 태도를 바꾸기 시작했다. 사람은 화장실 갈 때랑 나올 때랑 마음이 변한다는 우리말 속담을 인정하는 상황이 온 거다. 나중에 알고 보니 그 사람은 이미 사채까지 빌려 쓸 정도로 어려우면서도 필리핀 나의 호텔까지 골프 투어를 오는 불성실한 사람이었다.

그 사람이 스스로 약속한 상환 날짜를 서너 번씩 어겨가며 나를 시험할 때 독한 마음으로 한번 교육시키겠다고 다짐하고 그의 매장을 찾아가 미친 척도 해 보았다.

하지만 이내 원수 갚는 일은 하나님에게 있다는 성경 말씀으로 그 사람을 용서해주기로 마음을 돌렸다. "당신은 잘못이 없다. 당신을 좋은 사람으로 보았던 것이 나의 실수다. 이제 나에게 돈을 갚지 않아도 된다. 더는 나에게 부담을 갖지 마라."라고 전했다.

일전에 내가 그 사람 매장을 방문해서 거칠게 영업을 방해하고 겁박을 하던 나의 모습을 기억하고 있는 그는 순간 당황함으로 가득 찼다. 돈을 받지 않겠다는 그 한마디를 하고 양복점을 빠져나오는데, 그가 황급히 들고 나를 따라 나오는 것이다.

"사장님, 정말 미안합니다. 이거라도 꼭 받아 주십시오. 안 받으시면 제가 평생 죄인으로 살아갈 것 같습니다. 이 은혜 두고두고 잊지 않겠습니다. 감사합니다."

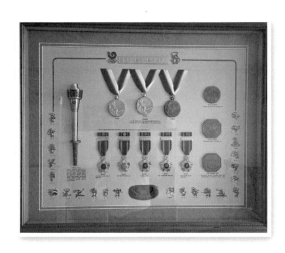

싫다고 극구 사양하는 내 손에 그가 넘겨준 액자가 바로 일명 88올림픽 기념 매달 세트다.

공무원 초봉이 20만 원 하던 1988년도에 주한 외교 사절들에게 선물용으로 제작한 1,000세트 한정판 중 하나를 150만 원 주고 사 지금까지 고이 간직한 소중한 물건이라고 하며….

5. 부족한 공사비와 필리핀 사채

찜질방 생활과 제자훈련을 받으면서도 나는 짬짬이 시간을 만들어 명지대학교 해외 진출 최고위 과정을 수료했다. 옛말에 호랑이를 잡으려면 호랑이 굴로 들어가라고 하지 않았던가? 난 이곳에서 환율과 길어진 공정으로 발생한 구멍 난 건축비를 보전하기 위해 필리핀 호텔 사업에 관심을 가진 투자자를 만나고 싶었다. 또한, 필리핀 사업을 위해서도 동남아 주변 국가에 대한 사업환경은 큰 관심사였다.

강의를 듣는 동안에 「해외투자의 매력과 함정[3]」이란 제목으로 발표한 나의 특강은 동기들의 관심을 끌었고, 수료식 때는 최우수 논문상을 받기도 하였다. 아무런 정보도 없이 시작한 필리핀 투자와 건축이었지만, 스스로 경험하면서 배우고 깨달은 것을 내가 짓고 있는 콘도텔과 연계하는 실전강의였다.

생생한 경험을 기반으로 한 나의 발표에 해외진출에 관심이 많은 동기들은 교수들의 이론 강의보다 더 주목하며 환호했지만, 나의 중단된 공사판에 선뜻 투자하겠다는 사람은 없었다.

---

3) 매력 ⇨ 필리핀에 3억을 투자하면 한 달에 500만 원 수익도 낼 수 있는 절호의 기회가 동남아 시장, 특히 필리핀이다.
   함정 ⇨ 해외사업 중 가장 간과할 수 없는 것은 불안정한 환율이 최대의 리스크다. 나도 지금 예상치 못했던 국제 변동금리, 변수를 만나 한국에 들어와 있지만, 환율이 안정되면 다시 공사를 재개할 것이다.

"지 대표, 속상해하지 마라. 3억 투자 대비 매월 5백 수익을 낼 수 있고 그것을 보장한다 약속하면 대부분 사람들은 이미 그만큼의 위험성이 있다고 생각한다. 돈 있는 사람들은 가본 적도 없는 그런 해외투자에 관심이 없다, 공신력이 담보되지 않는 한."

"그들은 필리핀 상황을 잘 모르지만 당신 상황은 더욱더 모른다. 설사 당신이 좋은 사람이라고 믿는다 하더라도 현재 상황에서 결정하긴 어려울 거야."

나는 호랑이를 잡으러 굴속에 들어갔지만, 고양이도 만나지 못한 채 건축 재개를 위해 무작정 빈손으로 다시 태평양을 건넜다. 환율은 어느 정도 안정되었고, 더 이상 공사를 미루면 지금까지 투자한 모든 것이 물거품이 되는 상황에서 한국에서 답을 찾기보다는 건축현장이 있는 필리핀에서 해답을 찾는 편이 빠르다는 판단을 할 수 밖에 없었다.

만일 우리가 성읍으로 가자고 말한다면

성읍에는 굶주림이 있으니 우리가 거기서 죽을 것이요

만일 우리가 여기서 머무르면 역시 우리가 죽을 것이라

그런즉 우리가 가서 아람 군대에게 항복하자

그들이 우리를 살려 두면 살 것이요

우리를 죽이면 죽을 것이라 하고

-열왕기하 7장 4절-

어쩔 수 없이 나는 이 성경 말씀으로 배수진을 치고 10여 개월 동안 공사가 중단되어 철근은 녹슬어 있고 비에 맞은 목재는 비틀어져 있는 필리핀 공사 현장에 다시 섰다. 무엇이 두려운가? 어떻게 다시 시작할 수 있는가? 나는 공사현장 사무실에서 성경 말씀을 묵상하고 있다가 건축자재를 구입하고 공사재개를 위해 필리핀 사채업자를 불렀다.

"형제님, 지금 뭐하시는 거예요? 안 됩니다. 형제님이 여기 필리핀을 몰라서 그래요."

"한국에서 귀국해서 10여 개월 동안 공사비용 마련을 위해 최선을 다했지만 구할 수 없었어요. 그렇다고 더 공정을 미룰 수는 없고, 어떻게든 공사는 해야 하니까 어쩔 수 없는 선택입니다."

"절대 안 됩니다. 정말 위험합니다. 사채를 쓰면서 공사를 진행한다는 것은 자살 행위입니다, 제 경험상."

10여 년 전에 필리핀에 오셔서 선교하시는 한국 목사님의 만류는 매우 강경했다. 우리나라에서도 사채를 쓴다는 것이 여러모로 위험을 감수해야 한다는 인식이 강하지만, 필리핀은 그보다 더한 나라다. 사채를 빌리기 위해서 쓰는 차용증에는 살인적인 이자도 부담되지만 기한 내에 돈을 갚지 못하는 경우, 건축하던 부동산 전체를 사채업자들에게 넘겨야 한다는 각서도 써야 한다는 것이다. 더군다나 총기 소지가 자유로운 필리핀에서는 돈을 빌린 당사자만 사라지면 차용을 위해 썼던 각서에 의해서 담보물은 합법적으로 그들의 것이 될 수 있기에 흉흉한 사건이 빈번했다. 한마디로 돈도 돈이지만, 생명이 위험할 수 있다는 이야기였다. 그러나 나를 걱정해주시는 바를 모르는 바도 아니었고, 그 마음이 참으로 고마웠지만, 당시 내게는 달리 다른 방도가 없었다.

'죽으면 죽으리라.'

성경 말씀에 보면 바사와 메대의 왕 아하수에로의 때에 왕후였던 유대인 에스더가 왕의 부름을 받지 않고 그 앞에 나가면, 오직 죽음을 면할 수 없음에도 자기 민족을 위해 죽음을 각오하고 왕에게 나가면서 다짐했던 말이다.

그로 인해서 에스더는 자기 민족을 구했을 뿐만 아니라 왕의 총애를 받는 왕비로서 정적을 제거하고 모르드게라는 삼촌을 왕국의 총리로 세우며 고난을 극복했다는 이야기이다.

환율이 안정되었지만 부동산은 팔리지 않았고, 해외진출과정을 수료하며 투자자를 찾았지만 아무런 건축자금도 마련하지 못하고, 빈손으로 필리핀으로 돌아오는 나의 마음에 이 성경 말씀은 한 줄기 빛이었다. 그래서 나는 공사현장 부동산을 담보로 고리의 사채를 쓰더라도 호텔공사를 마무리하면 은행에서 대출을 받을 수 있고, 운영 수입으로 이자를 낼 수 있다는 판단이었다. 여기서 공사를 더 미루면 이미 시공해 놓은 철골과 구조물들을 못 쓰게 되고, 시간이 더 지나면 다시 허물고 처음부터 다시 시작해야 하는 진퇴양난의 순간이었다.

6. 형의 도움과 마지막 공정

　　　　　그래서 나는 사채를 써 공사를 재개하든, 이미 시공한 건축을 허물든 둘 다 힘든 상황이라면 앞으로 나아가다 죽으리라 다짐을 하고, 호텔이 완공되기까지 위험천만한 사채를 몇 번씩이나 갚고 빌리기를 반복했다. 하지만 인테리어 비용을 충당하기 위해 호텔 숙박권을 상품권으로 선발행했지만 콘도텔은 가전제품, 주방설비 등 구비해야 할 품목이 일반호텔보다 너무 많아 계속 자금난에 시달려야 했다.

　나는 심사숙고 끝에 필요한 자금을 구하기 위해 청주에서 식당을 하고 있는 형을 찾아갔다. 그리고 오랫동안 식당 운영으로 힘들어하던 형과 형수에게 한국에서 모든 걸 정리하고 나를 도와주면서 필리핀에서 여유로운 은퇴 생활을 하면 어떻겠냐고 제안하였다. 물론 나에게는 마지막 건축 공정에 꼭 필요한 자금이기도 했지만, 협력하여 선을 이룬다는 성경 말씀처럼 형에게도 이 계기를 통하여 필리핀에서의 여유로운 삶을 권하고 싶었다.

　가난했기 때문에, 공양해야할 부모가 있기 때문에, 돌보아야 할 동생이 있기 때문에 서로에게 넉넉하지 못했던 형제였지만, 나는 여전히 형을 바라보는 동생이었다. 서울에서 칠판닭이를 하며 재수를 하고 있을 때 학원 앞 건축 모양이 같은 쌍둥이 집이 있었는데, 멋진 집 두 채 사이에 구름다리를 만들어 형제가 그 다리를 오가며 정겹게 살아가는 모습이 부러웠었던 나였다.

드디어 나는 대망의 2011년 1월, 산전수전 고진감래 끝에 필리핀 앙헬레스에 콘도와 호텔의 장점을 살린 콘도텔 문을 열었다. 그리고 호텔 이름을 '온 에어 콘도텔', '호텔 캘리포니아' 등 여러 가지 상호를 생각하다가 내 이름 영어 이니셜을 사용하기로 하고 호텔명을 'SK 콘도텔'로 정했다.

그리고 수영장 바닥 타일에도 성을 포함해 jsk란 영문 이름을 크게 새겨 넣으며, 죽을 만큼 힘들었던 그간의 고통을 스스로 위로했다. 나는 어릴 적 좋아했던 유명한 팝송「호텔 캘리포니아」에 나오는 가사를 3층 외벽 전면에 새겨 넣고 나의 SK 콘도텔이 우리 손님들에게 노랫말 가사처럼 추억될 수 있도록 최선을 다하겠다는 다짐을 했다.

"You can check-out any time you like, But you can never leave(당신은 언제든지 방을 비울 수 있지만, 당신의 마음은 여기를 떠날 수 없을 거예요)!"

7. 서로 다른 생각과 상처

하지만 오픈 초창기, 호텔 운영에 전혀 경험이 없었던 나로서는 예상을 초과하는 운영비와 미숙한 홍보로 수입이 예상보다 적어 고전을 면치 못했다. 그러는 동안 형은 청주에 있는 집을 처분한 후 남은 돈을 내게 빌려주었고, 필리핀 나의 호텔이 있는 앙헬레스에 이주하여 은퇴 생활을 시작하고 있었다.

그러던 어느 날, 형은 손익분기점이 생각보다 더뎠고 미처 마무리되지 않은 공사비까지 남아 있는 상황에서 은퇴 생활을 접고 돌아가겠다며 갑자기 내게 원금 상환을 요구하기 시작했다. 형의 은퇴 생활비는 내가 돈을 차용한 대가로 차질없이 감당해 왔지만, 손익분기점이 도달하지 않은 어려운 상황에서 원금 상환은 또 다른 문제였다. 호텔의 정상적인 운영을 신경 쓰기보다 갑작스러운 형의 채근은 나를 더욱 힘들게 했고, 이 채무를 갚지 못하면 더 이상 필리핀에서 아무것도 할 수 없겠다는 생각이 들 정도였다.

훗날, 형은 지인들에게 내가 채무액 상환에 대한 약속을 이행하지 않으면서 돈을 갚겠다는 거짓말을 스무 번도 넘게 하며 자신을 속였다고 이야기를 했다. 형수를 한국으로 먼저 보내고 형은 빌려준 돈을 받기 위해 나의 호텔에 투숙하고 있으면서 누구보다도 나의 상황을 알고 있을 텐데, 내가 형을 속이기 위한 의도적인 거짓말을 했다고 오해한 것이었다.

하지만 나는 형에게 빌린 돈을 갚기 위해 호텔 부동산 서류를 지참하고 앙헬레스뿐만 아니라 마닐라까지 오가며 거의 매일같이 필리핀 은행 문턱이 닳도록 들락날락했다. 안달복달에 애간장이 타들어 간다는 말은 그럴 때 쓰는 표현일 것이다.

나중에 알고 보니, 필리핀 은행은 대출을 신청하면 대출조건이 안 되더라도 바로 거절하지 않는 문화적·업무적 습성이 있었다. 고객의 면전에서 긍정적으로 검토해 보겠다는 표현은 대출이 힘들다는 표현인 것을, 셀 수 없이 필리핀 은행 문을 두드리다가 얻은 결론이었다. 그런 문화적 특성을 몰랐던 나로선 은행 담당자들의 이야기에 기댈 수밖에 없었고 19개의 은행이 안 된다 하더라도 20번째 은행에서 대출이 된다면 또 내일이라도 달려가야 했다.

"이번 주에는 될 것 같다고 하니 조금만 참아. 미안해, 형."

"다음 주에는 꼭 된다고 연락이 왔어. 힘들더라도 조금만 더 기다려 줘, 형."

결국, 내 건물은 사업 기간이 짧아 신용도가 낮은 부동산이어서 대출이 힘들었다는 사실을 은행 대출 사기를 당하고 나서야 알게 되었다. 어느 날 은행의 대출을 받지 못해 낙심하고 있던 내게 대출 전문 브로커들이 접근해 왔다. 자기들이 커미션 25만 페소(600만 원)를 주면 잘 아는 은행지점장을 통해 확실히 대출을 받게 해 주겠다는 것이었다. 대출을 받으려는 판에 큰돈을 요구하는 그들이 의심스러웠지만, 지푸라기도 잡아야 한다는 심정으로 돈을 건넸고, 얼마 후, 나는 먼 하늘을 바라보며 쓸쓸한 웃음을 지어야 했다.

이제 더 이상 기다릴 수 없다는 형의 돈을 갚기 위해선 호텔 매각 말고는 다른 방법이 없었다. 1년이면 지을 수 있는 건물을 산전수전 다 겪어가며 2년 걸려 완공한 나의 SK 콘도텔이지만, 손익분기점 한 번 도달하지 못한 채 팔아야 했다. 또 그리고 나는 실패라는 꼬리표를 달고 혹시나 했지만 역시나로 끝난 나의 인생 여정을 후회하며 필리핀 방황기를 여기서 끝내야 하는 상황이 되었다.

"얼마면 파실 생각이에요?"

"호텔이 오픈한 지 얼마 되지 않아 아직 수익이 미미하지만, 안정화되면 월 3~4천만 원의 수익이 예상되니 30억 정도 생각하고 있습니다."

"좀 매매 대금이 비싼 듯하지만 한 달간 이 콘도텔에 머물면서 생각해 보겠습니다."

계약이 성사되기 위해서는 매도자와 매수자가 서로의 본심을 감추고 각자에게 유리한 최상의 조건으로 결과를 이끌어내는 것이 흥정의 본질이지만, 그들은 내 호텔에 머물면서 나와 호텔에 관한 모든 것을 파악한 후 계약을 하겠다는 거였다.

　　그러던 중 어느 날, 한국으로부터 날아온 급작스런 전화 한 통 때문에 모든 것을 운명에 맡기고 서둘러 귀국길에 올라야 했다. 당시 어머니 눈(안구)에 현대 의학에서 규명되지 않는 곰팡이가 생겨나 한쪽 눈 적출 수술을 하지 않아 뇌까지 전이 되면 목숨까지도 위험한 상태라는 것이다. 중요한 결정을 해야 하고 적당한 가격에 매매를 성사시켜야 하는 절체절명의 상황이었지만, 어머님 곁을 지켜야 했기에 관망하고 있는 매수자를 호텔에 두고 나는 한국으로 급히 서둘러 들어와야 했다.

　　나는 귀국하기 전에 먼저 지인에게 연락하여 시골에 계신 어머니를 국내에서 안과로 가장 권위가 있는 서울 영등포 '김안과'로 모셔 줄 것을 부탁했다. 하지만 그 병원에서는 어머니가 연세도 있고 이 병명은 아직 규명되지 않은 희귀병이라서 본인들은 수술이 불가능하다는 것이었다.

　　나는 다시 여기저기 수소문한 끝에 권위 있는 안과의사가 진료를 본다는 신촌세브란스 병원으로 어머니를 모시고 가줄 것을 부탁하고 한국행 비행기에 몸을 실었다. 호텔 매각이 급하다고 어머니의 대수술을 앞두고 필리핀에 머물러 있을 수만은 없지 않은가?

"지 사장! 지 사장! 당신 형이 지금 필리핀 호텔에 머무르고 있는가? 큰일 났다, 지금."

"왜 그래요. 무슨 일이에요?"

"당신 형이 매수자에게 이 호텔 짓는데 20억도 안 들었을 거라고 말해 버렸다네. 당신의 급한 사정을 알고 내가 잘 아는 사람에게 콘도텔을 30억에 사면 좋은 조건이라 추천한 것인데…. 나만 중간에서 바보가 되었네그려. 허허."

"이 계약은 없던 것으로 하겠습니다. 당신 형 말로는 이 호텔을 건축하는데 20억도 들지 않았을 거라고 생각하던데, 나에게 그렇게 터무니없는 금액으로 매각하려 했나요? 당신 형도 빌려준 돈 받는다고 이 호텔에 머무르는 것을 보면 당신 채무가 이만저만 아닌 것 같던데? 사장님이 아직은 형편이 급하지 않으신 것 같네요."

부동산 가치를 산정하는 데는 3가지 방법이 있다. 건물을 짓는 데 비용이 얼마가 들어갔는지를 따지는 원가계산법, 주변에 조건이 비슷한 부동산이 얼마에 거래되었느냐를 비교하는 매매사례비교법, 원가가 얼마가 들었든, 주변 시세가 어찌하든 호텔 같은 상업적 건물에 수익을 분석하여 가치를 산정하는 수익 분석법.

어찌 되었든 계약은 위기를 맞았고, 이대로 계약이 무산된다면 형의 채무 상환도 문제가 되지만, 연로하신 어머니의 병원비 마련을 어떻게 할지를 모르는 오리무중의 상황이 되었다. 내가 흥정에서 진 것이었다. 어떻게든 어머니부터 살려야 했기에 나는 며칠 동안 밤잠을 설쳐가며 그가 새롭게 제시하는 가격과 씨름한 끝에 그의 제안을 받아들여야만 하는 항복선언을 해야 했다.

"좋습니다. 저 20억이라도 팔겠습니다. 하지만 저도 조건이 하나 있습니다. 매매 대금의 10%의 계약금은 2억이지만, 2억7천만 원은 주셔야 합니다. 어머니 병원비와 당신이 아시다시피 형에게 상환해야 할 돈, 아직 남아 있는 소소한 외상대금까지 우선 급하게 필요합니다."

"좋아요. 하지만 저도 조건이 있습니다. 당신이 원하는 계약금을 치르고 나서 내가 3개월 동안 운영해 본 후 잔금을 치르겠습니다."

나는 어머니 수술 시기를 놓치면 곰팡이가 뇌로 전이될 수 있고, 더 늦으면 위험하다는 의사의 충고에 곧바로 수술 동의서에 사인 했고, 결국 어머니의 안구 적출 수술은 무사히 진행되었다.

어머니의 안구 수술은 고난이도 의술이어서 신촌세브란스 의사뿐만 여러 병원 안과 전문의들이 함께하는 대수술이었다고 한다. 어쨌든 절명의 위기를 넘겨 안과 수술을 마친 후, 나는 한 달여를 서울에서 머물면서 병상 옆에서 어머니를 간호하면서 하루하루를 보냈다. 그리고 어머니는 곰팡이균으로 인해 한쪽 눈을 적출하셨지만, 또 한쪽 눈은 녹내장이어서 거의 시력을 잃은 것이었기 때문에 퇴원 후에도 더 이상 홀로 계시게 할 수 없다는 판단을 하며 어머님을 모시고 살기로 했다.

나는 깊은 고민 끝에 필리핀 콘도텔을 직원들에게 부탁하고 어머니를 퇴원시킨 후 시골 고향으로 돌아왔다, 돌아오는 길에 안경점에 들러 이쁜 금테안경을 어머니 고운 얼굴에 맞춰드리고….

그런데 어머니가 서울에 입원해 있는 동안 나를 참 아프게 했던 것은 형수, 조카들 직장과 집이 서울이었음에도 어머니 병문안을 한 번도 오지 않은 것이었다. 형도 병원에는 한 번 찾아왔을 뿐인데, 정작 어머니의 수술 상태나 병원비에 대해서는 무관심한 채 언제쯤이면 빌려준 돈을 상환할 수 있는지 채근만 하다가 떠났다.

퇴원 후에도 6개월의 통원치료가 필요했던 어머니는 진료 하루 전날 서울에 올라와야 했고, 서울에 형의 집이 있음에도 불구하고 어머니와 나는 매달 여관방에서 긴 하룻밤을 지내야 했다.

어쨌든, 나는 매수자가 원하는 조건을 다 수용하고 호텔 매각 계약금을 받아 형에게 빌렸던 돈을 갚았고, 형은 그 돈으로 마닐라에서 새로운 사업을 시작했다.

형은 국제 물류 회사를 인수하여 사업 초기에는 월 2~3천만 원의 수입을 올리고 있고 서울에 신규아파트로 분양받았다는 희소식을 전해 주기도 했다. 하지만 얼마 가지 않아 인간관계 및 경험 미숙으로 경영 난조를 느끼며 결국엔 형의 회사가 다른 사람 손에 넘어가는 상황을 맞았다.

나의 권유로 형이 필리핀에 들어왔고, 피눈물이 섞인 호텔 매각 계약금으로 형의 사업이 시작되었기에 누구보다도 형의 성공을 바라던 나로선 곧바로 형의 위기가 나의 위기로 느껴졌다. 성공하면 주님의 은혜라 하겠지만, 결과가 잘못되면 모든 게 나 때문이라는 원망을 받게 될 것이란 예감 때문이었다.

8. 소송과 진실, 그리고 최후 변론서

내 사랑하는 자들아

너희가 친히 원수를 갚지 말고

하나님의 진노하심에 맡기라. 기록되었으되

원수 갚는 것이 내게 있으니

내가 갚으리라고 주께서 말씀 하시니라.

-로마서 12장 19절-

형은 필리핀 마닐라에서 물류사업을 시작했고 나의 호텔은 매수자가 요구한 3개월의 시험운영이 끝났음에도 잔금을 받지 못하는 일이 발생했다.

매수자는 호텔 계약금을 받은 날로부터 3개월간의 운영 기간을 거친 후 잔금을 치르겠다는 조건을 제시했고, 나는 불리한 이 조건을 받아들이며 계약이 성사되었는데 또 다른 이유를 대며 잔금을 치르지 않겠다는 것이었다.

나는 인수인계 기간에도 기존 호텔직원들을 매수자 임의대로 해고하고 그 자리에 새로운 직원들을 채용하는 등 상식을 넘는 그의 행동을 주시하고 있었다. 그러던 중 나는 무언가 잘못되어 간다는 판단을 하고 어머니를 잠시 요양원에 맡기고 필리핀에 급하게 귀국해보니 교민사회에서는 이미 건달들이 내 호텔을 접수했다는 소문이 퍼지고 있었다.

또한, 나를 만난 그들은 직접 운영을 해 보니 호텔 수익이 예상보다 많지 않았다며 몇억을 더 깎아 주면 잔금을 치를 수 있다는 새로운 조건을 제시하며 억지까지 부리기 시작했다. 계약 당시 나로서는 더 이상 돈 문제로 형이랑 갈등이 깊어지는 것을 원하지 않았고, 어머니의 대수술 병원비를 마련해야 했기에 매수자가 원하는 조건을 다 수용한 것이었다. 그래서 절박한 상황 때문에 내가 적정금액이라 생각했던 매각대금에 10억을 D/C 하며 계약을 했지만, 그의 요구는 점점 더 상식을 넘어 협박으로 이어졌다.

지금 생각해 보면 그는 처음부터 곤경에 빠진 나의 어려운 상황을 이용하여 의도적으로 접근하였고, 급기야 매수자는 한국에서는 변호사를 고용하여 나를 사기범으로 몰아갔다. 애초에 내가 호텔을 팔려는 마음도 없고, 내 소유의 건물도 아니며, 필리핀 사람의 지분이 60%나 있는 반쪽건물을 팔려고 했다고 모함까지 하며….

또한, 그들은 필리핀의 나의 호텔까지 한국 건달들을 보내 영업을 방해하고, 계약금의 두 배를 내놓지 않으면 나의 목숨이 위험하다는 협박을 이어갔다. 나는 한동안 필리핀에서는 무도 한 깡패들과 맞서 싸워야 했고, 한국에 들어와서는 억울한 소송을 대비해야 하는 이중고의 상황에 시달렸다. 하지만 나는 '거짓은 진실을 이길 수 없다.'라는 신념 하나로 변호사를 고용한 그들과 홀로 맞서 싸우며 법정에 당당히 섰고, 마침내 '혐의 없음'이라는 판결을 받아냈다.

힘겨운 소송이 끝난 후에도 건달들이 계약금은 돌려주지 않으면 가만히 있지 않을 거라 겁박을 했지만, 나는 부동산 매매계약서 아닌 검찰서류를 보여주며 그들의 만용을 용서해주기도 했다. 어쨌든 한국과 필리핀을 오가며 혼자 감당해야 했던 외롭고 힘든 싸움으로 호텔을 지킬 수 있었으나, 마음 한편에 남는 씁쓸함은 지울 수 없었다.

그 사건 이후 몇 년이 지난 지금, 나는 그 계약자와 과거의 불미스러웠던 일들을 정리하고 가끔 가볍게 술 한잔 나눌 수 있는 사이가 되었다.

"지 사장, 그땐 내가 좀 그랬지? 그래도 나 때문에 지사장이 어려운 시기 넘긴 것도 사실이잖아?"

"그래. 고맙다. 당신 때문에 어머니 병원비, 형의 채무 상환, 외상대금까지 해결할 수 있었다. 당구에서 쓰리 쿠션은 이런 걸 이야기할 거야…."

뒤돌아보면 돌려줄 의무가 없는 그 계약금으로 운영 초창기

어려운 상황을 한 번에 해결했고, 매각으로 산전수전 다 겪으며 지은 호텔 운영을 포기하려 했지만, 그 매각 결단은 나의 콘도텔을 살려준 신의 한 수였다.

하지만 콘도텔을 지키기 위한 어두운 터널은 여기서 끝이 아니었다. 어느 날, 나는 형에게 이미 들어본 적이 있지만, 창원법원으로부터 생소한 서류를 받는다.

[지급명령 통지서]

당신은 빌린 돈을 갚지 않았으니, 원금 2억 원을 정해진 기간에 상환해야 하며, 이행치 못하면 연 20%의 이자까지 추가하여 갚아야 한다.

아무리 생각해도 경남 창원은 한 번도 가보지도 않은 지역이었고, 기억이 있다면 몇 년 전 필리핀에서 호텔을 오픈할 때 경상도가 고향이라고 하는 지인에게서 사채를 빌려 쓴 일뿐이 없었다. 그렇지만 그때 그 일은 호텔 숙박권 등을 발행하면서 빌린 돈을 이미 오래전 상환하였고, 그 당시에도 차용의 조건으로 레스토랑 운영권을 요구하기에 어쩔 수 없이 허락해 준 기억이 전부였다.

하지만 곰곰이 생각해 보니 돈을 빌릴 때는 차용증을 써주었지만, 채무를 상환하면서 차용증을 회수하지 않았던 것이 실수가 몇 년이 지나 돈을 갚으라는 지급명령서로 부메랑이 되어 돌아왔다는 생각이 들었다.

나는 3, 4년 전에 있던 필리핀 기억을 되살리며 호텔 사무실 직원들에게 사채업자랑 관련된 모든 서류를 찾아내어 한국으로 보내 달라고 부탁하고 창원을 오가며 6개월간의 힘든 법정 공방을 이어갔다. 한때 나를 형님으로 부르며 따르던 사람이 상환받은 돈을 또 한 번 받으려고 법원에 고소한 이 사건은 증빙서류나 정황을 기억하지 못하면 억울하더라도 당한다는 교훈을 남기기 위해 이 자서전에 남겨 놓는다.

너희를 넘겨줄 때
어떻게 또는 무엇을 말할까 염려하지 말아라.
그때에 너희에게 할 말을 주시리니
-마태복음 10장 19절-

그런즉 그들을 두려워하지 말라
감추인 것이 드러나지 않을 것이 없고
숨은 것이 알려지지 않을 것이 없느니라
-마태복음 10장 26절-

변론서

필리핀에서 교민을 상대로 무허가 사채업과 여행업을 하던 남종철에게 지선경 본인은 이미 오래전에 채무를 변제하였음에도 불구하고 있지도 않은(?) 사실을 근거로 소송을 제기하여 정신적 고통을 주고 법을 우롱한 남종철에 대하여 황당하고 억울함을 호소하며 변론서를 제출합니다.

처음 돈을 빌릴 때도 높은 이자와 3개월 내 변제하지 못할 경우 호텔 지분의 20%를 요구하는 차용증을 써야 했고, 그 뒤 한두 번에 거래가 있었으나 남종철은 호텔을 오픈하자 호텔 예상 숙박료를 그 채무액만큼 반값으로 숙박권(남종철이 직접 제작하여 저에게 건네줌)을 발행하여 상환할 것을 요구해 그동안의 채무를 변제하였습니다.

하지만 남종철은 호텔 숙박 상품권이 잘 팔리지 않자 다시 돌려주며 정산을 요구해 왔고, 그 정산금액은 370만 페소(한화 9천9백9십만 원)이었습니다. 저는 채무변제를 위해 도요타 차량(금액 126만 페소- 한화 3천4백2십만 원)을 할부로 구입하여 변제를 위한 양도 양수를 변호사 공증하에 차량을 정히 인도하였습니다. 그리고 더불어 150만 페소(한화 4천5십만 원) 채무를 변제하고 정산을 하였습니다.

그 뒤 여러 가지 오고 가는 작은 채권, 채무 관계가 있었으나 별첨과 같이 채무를 완제하여 남종철에게 지불하여야 할 그 어떤 채무도 존재하지 않습니다. 그러므로 이 청구는 마땅히 기각되어야 합니다.

저는 필리핀의 척박한 환경 속에서 작은 콘도텔을 지으며 꿈을 이루었지만 법과 양심에 따라 남종철을 사실과 진실로써 고발합니다. 또한, 남종철이 사문서를 위조하여 소송하였을 경우 강력한 처벌을 요구합니다.

별첨

1. 지선경이 남종철에게 200만 페소(한화 5천4백만 원)의 돈을 빌리며 써 주었던 오류가 된 차용증

2. 호텔 숙박 상품권 견본

3. 150만 페소 변제하며 받은 첫 번째 결산 영수증

4. 두 번째 결산 ①, ②

5. 마지막 잔금을 본인이 오지 않고 남종철 지인을 통하여 받아간 채무 완불 영수증 ①, ②

6. 자동차 양도 양수서류(이 차량으로 남종철은 여행업을 하던 중 총기사고가 나 차를 필리핀 주택단지에 버리고 도주하여 저 또한 필리핀에서 경찰서에 오가며 많은 고통을 수반하게 함.)

7. 6번의 번역본

8. 할부차량임을 증명하는 서류

9. 방치된 차량을 필리핀 경찰서에서 압류하고 있다는 서류

2차 변론서

사건번호(2016가단 659)

존경하는 재판장님,

우선 판사님이 지적하신 도요다 차량의 할부 금액을 매월 연체 없이 성실이 납부하고 있다는 은행 자동이체 최근 3개월분 통장 사본과 정산한 서류 중(39만1천 페소 - 20만 페소 - 10만 페소) 미비된 9만1천 페소에 대한 현금영수증 5만 페소짜리 2부를 한 장으로 첨부합니다.

남종철의 변론서를 보면 악의적인 거짓말은 전혀 앞뒤가 연결되지 않는 황당무계한 궤변으로 이어지고 있음이 증명되고 있습니다.

어쨌든, 남종철을 변론하던 필리핀 변호사마저 총격을 당하는 그 원한 맺혔던 한인 피살 사건이…. 억울한 소송을 당하는 지금에서야 조금 이해가 되며 남종철의 궤변서를 기준으로 저의 2차 변론을 시작하겠습니다.

남종철의 이번 소송 사기 사건은 계획된 범죄치고는 너무 허술하여 일일이 설명이 필요 없을 정도이지만, 남종철이 직접 쓰고 결산한 이 허접한 종이는 부인하지 못할 것이며, 이 재판의 앞뒤를 연결하고 판단하시는 데 결정적 증거가 될 것입니다.

왜냐하면, 남종철이 보관하고 있는 서류는 위조된 서류는 아니지만 저에게 돌려주지 않은, 채무를 변제받으면서 제게 돌려주었어야 하는 서류이기 때문입니다. 남종철이 쓴 결산서를 별첨으로 다시 제출하며, 저는 이 황당한 소송 사건의 핵심과 진실을 전달하고자 합니다.

남종철은 본인이 직접 쓴 결산서에서 '왜'

1. '남은 돈'이라고 했을까?

2. 어떤 차량 금액을 차감했을까?

3. 마쯔다 수리비와 스타렉스 수리비는 또 무엇일까?

안녕하십니까? 존경하는 재판장님,

2011년 필리핀에서 호텔을 짓고 있던 지선경은 공사 자금부족으로 공사 중단했을 때 지인으로부터 소개를 받았습니다. 본인 남종철에게 이런저런 어려운 상황을 지선경이 이야기하며 같이 사업을 하자며 돈을 빌려 달라고 부탁을 하였습니다.

필리핀 생활 초기 본인 남종철이 여행사 일을 시작하려고 준비하던 중 친형, 친삼촌처럼 다정하게 대해주어 정말 많이 믿고 의지하게 되었습니다.

호텔을 위해서는 빌려준 돈 외 본인 남종철의 사비를 들여서

광고, 시설, 직원채용 비용 등 많은 부분을 진심을 다하여 열심히 도와주었습니다. 그러며 이런저런 이야기를 나누면서 사고 날 당시 많은 걸 잃었다고 이야기 도중 서류도 분실했다고 이야기했습니다. 그 후 몸을 추슬러 퇴원할 때쯤 모든 게 현실임을 알게 되었고, 지선경에게 이제 본인 남종철도 힘드니까 지선경에게 빌려 간 돈을 주었으면 좋겠다고 하니 2억 원이 넘는 돈을 2천만 원도 안 된다며 총상을 입고 충격이 큰 거 아니냐며 지선경은 서류를 보여 달라는 거였습니다.

본인 남종철 역시 그 당시 총상을 입고 주변 사람의 도움 없이는 움직일 수도 없는 상황과 한인회에서 100% 한국인이 사주한 것으로 보이는 데, 범인이 누군지 누가 범인을 사주하였는지 알수 없으니 사업이나 금전 관계가 된 사람들은 만나지 말라고 하여 어쩔 수 없이 눈물을 흘리며 돌아올 수밖에 없었습니다. 하지만 지선경으로 인해 은행 빚과 주위 사람들에게 차용한 돈으로 인해 하루하루가 너무 힘들고 억울하여 이렇게 고소를 하게 되었습니다.

존경하는 재판장님,

저는 필리핀에서 사업을 하는 사람입니다. 필리핀 페소로 돈을 벌고 필리핀 페소로 물건을 구입하며 필리핀 페소로 차용도 하고 또 변제도 합니다.

남종철은 지금 본인이 차용증을 분실했다고 얘기를 합니다. 남종철이 퇴원할 때쯤 제가 돌변하여 2억이 넘는 부채를 2천만 원만 남았다는 말을 했다고 주장을 합니다. 그래서 금전 관계가 있던 저를 만나지 못하고 돌아올 수밖에 없었다는 사정을 이야기 하고 싶은 것 같습니다. 참으로….

하지만 필리핀에서 한국으로 돌아와 아주대 병원에 입원해 있던 남종철을 병문안까지 했던 저를 이렇게 매도해도 되는 것인지 슬퍼집니다. 저는 2억을 빌린 적은 없지만 530만 페소는 차용하였습니다. 2천만 원은 모르지만 80만 페소도 남지 않았다고 말한 적은 있습니다. 출발부터 남종철은 양의 탈을 쓴 이리처럼 불쌍한 척 읍소하며 갈취하고자 하는 2억을 운운하고 저를 파렴치한으로 몰아가며 교활한 마음을 드러내고 있습니다.

존경하는 재판장님,

어쨌든 저는 그때 머나먼 타국 필리핀에서 어려운 상황을 극복하고 호텔을 직접 신축하여 오픈하게 되었지만, 완공 시점에 빌린 돈 때문에 20% 호텔지분을 요구하는 사채에 대한 부담을 떨쳐 버릴 수 없었고, 사채를 빌려준 남종철을 무시할 수는 없었습니다. 그래서 저는 호텔 숙박권을 발행하고 그 마진의 50%를 남종철에게 인정해주면서 그동안의 채무를 숙박권으로 일시에 변제하였고, 남종철은 자연스럽게 호텔 경영에 참여할 수 있다는 합의하에 계약서를 쓰고 실행에 옮겼습니다.

하지만 그날부터 남종철은 본인의 호텔지분이 어떻다는 등 좁은 교민사회에서 반 사장 행세를 하였고, 결국은 성실히 근무하고 있던 호텔 매니저를 교체하고, 본인의 측근인 고향 친구와 후배를 매니저와 경리 직원으로 앉힐 것을 요구하는 등 여러 가지 전횡을 일삼았습니다.

결국, 저는 남종철의 반협박에 3개월도 안 된 매니저를 내보내야 했고, 모든 것을 원하는 대로 해주었지만, 남종철의 친구 매니저마저도 친구인 남종철의 더러운 본심에 환멸을 느끼고 그와는 더이상 일을 할 수 없다하며 죄송한 마음으로 호텔 일을 그만두겠다 하며 사직하는 일도 있었습니다.

아무튼 그때, 모든 채무가 호텔 숙박권으로 상계되고 변제되었지만 남종철은 이런 사실을 교묘하게 허위 왜곡하며 본인이 피해자 코스프레를 하며 착한 사마리아인인 것처럼 위장하고 있습니다.

첫 번째] 별첨되었던 서류는 오류가 된 차용증이 아니며 지선경을 처음 알게 되었던 서류입니다. 본인 남종철이 2011년 여행사

일을 하고 있을 때, 지인의 소개로 지선경을 알게 되었고 지선경은 더 이상 돈 빌릴 곳이 없어 공사 대금을 지급하지 못해서 중단되었을 때였습니다.

그래서 약 한국 돈 5,600만 원 200만 페소를 빌려 달라는 거였습니다. 만일 약속을 못 지키면 지선경이 호텔 지분 20%를 주겠다며 차용한 내용이었습니다. 전 당시 여행사를 운영하니 돈을 못받아도 저희 고객의 호텔 사용료로 그 돈을 받을 수 있겠다 생각해 돈을 빌려주었고 약 1~2달 후 지급하고 찾아간 서류입니다.

존경하는 재판장님,

오류가 된 차용증이라는 의미는 남종철의 이름으로 차용증을 써야 했으나 상단에 저의 본인의 이름을 적어 오류가 되었다는 뜻이고, 그것을 제가 보관하고 있었다는 단지 그 내용이지만 남종철이 오버센스하여 제가 돈을 갚고 차용증을 찾아갔다고 허위 왜곡하고 있습니다.

두 번째] 별첨되었던 숙박권은 2012년 1월경 약 1억 원을 빌려주면 호텔 숙박 할인을 50% 본인 남종철에게만 해주겠다고 이야기하며 서로 같이 윈윈하자며 사정을 하길래 저 또한 손해볼 것이 없다 생각하여 시작했던 내용입니다. 하지만 저랑 약속

했던 부분을 지선경은 다른 한국 개인 여행사에게도 똑같은 조건으로 약속 위반을 했음에도 불구하고 호텔 운영이 너무 힘들어 그랬다며 눈물로 호소해 그냥 넘어간 적 있었던 상품권입니다. (계약서 첨부합니다.)

존경하는 재판장님,

네, 차용증을 써 주고 돈을 빌린 후 호텔 숙박권으로 채무를 갚았던 내용입니다. 하지만 남종철 본인이 했던 그 비양심적인 행동을 제가 한 것처럼 꾸미고 있습니다. 호텔로 직접 연결된 여행사나 손님마저도 숙박권으로 사용하게 하여 나머지 50%의 숙박료마저도 갈취하려고 했던 장본인이 역으로 포장하고 있습니다.

차용했던 채무 상환을 위해 어쩔 수 없이 끌려가듯 남종철이 직접 제작한 숙박권을 발행했던 제가 망하고자 하지 않으면 어찌 다른 이에게 그 조건으로 호텔 상품권을 팔겠습니까! 보통 여행사나 가이드 백 마진은 10~20% 정도입니다. 어쨌든 호텔 숙박 상품권으로 그때까지 채무를 상계하여 차용한 돈을 갚았던 내용입니다.

세 번째] 변제하였다는 결산 영수증도 맞습니다.

그것 역시도 지선경이 급하게 지급해야 한다며 약 1억 원 상당

370만 페소 본인 남종철에게 은행 수수료를 주며 빌려 갔던 돈 중 일부를 여유가 생겼다며 지급했던 내용입니다.

존경하는 재판장님,

남종철이 변제하였다는 것을 인정하면서도 또 돈을 빌렸다고 거짓 진술하고 있는 듯합니다. 제가 차용증을 써 주고 빌린 채무를 숙박권으로 상계하고 정산한 뒤, 한 장의 은행 약속어음을 건네주었고, 그 약속어음 370만 페소에서 수표 150만 페소 한 장으로 부분 변제한 내용입니다. (제가 여유가 있어 갚았다면 이미 전에 빌린 돈은 완제되었다는 의미일진데, 이 어리석은 허위 진술이 강도를 더해 갑니다.)

네 번째] 위 세 번째 내용에 언급했듯이 본인 남종철에게 370만 페소(1억 원)를 빌려 간 후 150만 페소(4천5십만 원)를 지급한 후 220만 페소(5천9백5십만 원) 남은 금액을 정산해서 지급해 달라며 본인 남종철이 직접 적어서 제출했던 내용이 맞습니다. 하지만 아직 약 40만 페소(일천팔십만 원) 지급받지 못한 내용입니다. (증거서류 차용증, 은행수표)

존경하는 재판장님,

국제적 환율 시세는 아침저녁이 틀리고 그때와 지금이 천차만별인데, 남종철은 지금 본인의 강도짓을 위해 정확히 원화를 병기하며 교활한 속내를 점점 더 드러내고 있습니다. 어쨌든 맞는 내용입니다.

남종철은 별첨에 나와 있는 것처럼, 한국 돈으로 자동이체 받았던 천만 원마저도 본인이 직접 결산하며 차감을 했음에도 불구하고 받은 적이 없다고 억지를 부리며 마쯔다와 스타렉스 차량 수리비 외상 술값까지 첨부하여 자필로 쓴 결산서를 만들어 왔으나, 그 당시 모든 것이 확인되었고, 남종철 본인도 약 40만 페소(39만1천 페소)만 남았다고 인정하고 있는 내용입니다.

다섯 번째] 예, 맞습니다. 80만 페소를 준다고 하였지만 사고의 후유증으로 인해 더 이상 지선경을 만나기 겁이 나 한국인 원상용에게 받으라고 해서 일부 받은 확인서인 것 같습니다. 그것조차도 지선경은 수십 차례 약속을 어기는 등(약속 날짜 2013년 8월 31일까지 주겠다고 약속하며 차용증을 작성해 주었으나 약속을 지켜주지 않아서 어렵게 일부만 받은 내역입니다.)

존경하는 재판장님,
남종철의 궤변을 보면 이젠 문맥의 연결조차도 어려워집니다.

하지만 인내를 가지고 설명드립니다. 윗줄에 언급했던 마쯔다와 스타렉스 차량의 수리비 내용이 있습니다. (본인이 잘 알고 있던 카센터에서 정비한 수리비 내역) 마쯔다는 원래 제 소유의 차량이었고 스타렉스는 남종철 소유의 차량이었으나 서로 교환하여 사용한 적이 있습니다.

총격 사건이 일어난 후에, 남종철은 사용하던 마쯔다가 필요 없으니 40만 페소 가치를 인정해 주고 나머지 남았던 채무 40만 페소와 함께 언제까지 채무 변제를 할 것인지를 다시 요구해 와, 제가 또다시 중복하여 80만 페소 각서를 써 주었던 내용입니다. 하지만, 이미 호텔에서는 신차가 4대 운영되고 있었고, 직원들도 원하지 않아 제 소유였던 마쯔다뿐만 아니라 남종철 소유였던 스타렉스 차량까지 다시 돌려주고 채무를 변제한 내용입니다. 동일한 가치로 교환되었던 남종철 소유였던 스타렉스는 한인피살 사건 당사자로 힘들어하던 남종철을 돕는다는 마음으로 기부했지만, 이렇듯 선을 악으로 갚는 이유가 될 줄 몰랐습니다.

그 후 남종철이 사고 후유증(?)으로 직접 오지 않고 대리인을 시켜 남은 40만 페소를 받아가면서 그때, 20만, 10만, 5만, 5만 페소로 완제하고 잔액(balance)이 얼마 남았음을 병기하면서 현금영수증(cash voucher)을 받았던 내용이며, 마지막 5만 페소짜리 현금 영수증엔 "NOTE LAST PAYMENTS ALL FINISH."

라고 쓰고 남종철에게 더 이상 아무런 채무가 없음을, 남종철을 대신한 지인에게 받아 낸 영수증입니다.

여섯 번째] 본인 남종철이 총을 맞고 병원에 입원해 있을 때 지선경이 찾아와 사고 당시 지선경에게 본인 남종철이 한화 4,700만 원을 전액 지불했던 차를 총기사건 증거물로 잡고 있으니 차를 찾으려면 약 100만 페소 한화 2,700만 원 정도 필요하다며 이야기해서 본인 남종철이 돈이 없다고 하니 그럼 찾기 힘들 거라며 지선경도 다시 신경 써 보겠다며 본인 남종철에게 돈을 구할 수 있는 만큼 구해 두라고 하고 돌아갔습니다. 그 후 더욱 황당한 건 차량에 관련된 이야기를 친구에게 했더니 필리핀 현지 경찰을 소개시켜줘 그 경찰에게 이야기하니 차가 무슨 증거물이냐며 바로 찾아주며 하는 말이 차주(sk 콘도텔 지선경)가 찾아가지 않아서 경찰서에 보관해 준 것이라고 하였습니다.

일곱 번째,

여덟 번째는 차량 할부했다는 내용인 것 같습니다.

존경하는 재판장님,

남종철은 지금 할부 차량이 아니라 본인이 한국 돈으로 전액 지불했다던 정체불명의 그 차량이, 머나먼 타국 필리핀에서 일어났던, 본인의 친구를 죽게 하고 교민 사회를 불안에 떨게 했던 그 한인타운의 사고 현장에 있었다고 주장하고 싶은 모양입니다. 어떻게 하면 필리핀에서, 한국 돈으로 전액 지불하고 차를 구입할 수 있는지 정말 불가사의합니다.

어쨌든 남종철은 제가 명의만 빌려 준 그 문제의 도요타 차량에, 필리핀 검찰을 사칭하는 번호판을 달고 다니는 위험스런 행동도 서슴지 않았습니다. 그래서 남종철이 총격 사건의 피해자임에도 불구하고 필리핀 경찰에서는 검찰을 사칭한 죄로 그 차를 압류하고자 하였고, 또 차를 돌려받고자 하면 일정 금액의 돈이 필요하다 하였으나 후에 정상적으로 처리되었음을 말하고 있는 것입니다. 필리핀 경찰이 조사한 근거 서류와 총격 사건 현장에 있던 그 문제의 차량을 공개 첨부합니다.

존경하는 재판장님,

다시 한 번, 채무 상환을 위해 명의를 빌려주고, 할부 원금을 부담하기로 하며 양도한 그 문제의 차량에 관해서 말씀을 드립니다.

필리핀에서는 정상적인 사업체가 없으면 할부로 차량을 구입할 수 없었기 때문에 남종철이 인도금(계약금)을 지불하기로 하고 할부 원금을 제가 납입하는 조건으로 채무를 대신하여 변제한 내용입니다.

그때 남종철은 본인이 원하는 일본산 도요다 차량(국산 스타렉스와 비슷함)을 구입해 줄 것을 요구하였고, 수십 장의 할부 서류를 꾸미면서 차량을 구입하고 즉시 양도한 차량입니다. 그런데도 남종철은 차량 할부 자체를 전혀 모르는 일처럼 기만하고 있습니다. 그 후 정식 번호판이 나와 변호사 공증하에 양도, 양수 계약서를 썼고 그 내용은 지난번 별첨 내용과 같이 남종철의 차량임을 스스로 증명하고 있습니다. (총격 사건 후 남종철은 할부가 끝난 후에 차량 명의 이전을 위해 협조해야 한다는 명의 이행 각서도 요구함)

존경하는 재판장님,

그런데 지금 남종철은 또 하나의 정체불명의 차를 거짓 진술하기 시작합니다. 신차 대리점에서도 현금으로 사면 5% 정도 더 할인하여 살 수 있고, 본인 명의로 직접할 수 있는 차를 왜 남종철은 그때 저에게 차량 금액 전액을 한국 돈으로 주면서 왜 저를 통해서 차를 사고자 했는지 참으로 기이합니다. (남종철이 직접 쓴 결산서에서도 차량 할부 원금 126만 페소를 이미 받았음을 인정하면서도.)

아홉 번째] 내용은 지선경 명의에 차량이 방치되었다는 내용인 것 같으나 이해할 수 없는 내용입니다.

지선경은 호텔업을 하고 있으며 차량이 많이 필요한 업종입니다.

그리고 지선경은 본인 남종철이 더 이상 필리핀에 못 들어올 거라는 걸 알고 있으며 지선경 본인 명의의 차량을 경찰이 보관한다는 게 더욱 이해할 수 없는 부분입니다.

본인 남종철 역시 수십 차례 명의 이전을 요구했으며 그로 인해 여권 복사본을 지급해줬으며, 본인 남종철이 4,700만 원가량 지급하고 구매한 차량을 3개월밖에 타지 못하고 돌아올 때는 가슴이 찢어지는 것 같았습니다.

그 후, 지선경에게 한국에서 수십 차례 전화해 차량이랑 돈에 관한 이야기를 했으나 전화를 피해 너무 억울한 나머지 이렇게 고소하게 되었습니다.

존경하는 재판장님,

지금 남종철은 필리핀 경찰의 공식 문서까지도 부인하는 철면피로 일관하고 있으며, 남종철이 더 이상 필리핀에 들어올 수 없다고 제가 판단했다고 말하는지 이해할 수 없습니다. 제가 차량이 필요하다 해서 한인 피살사건 범죄 현장에서 총탄 자국과 피투성이로 얼룩진 차를, 채무 변제를 위해 명의만 빌려주고 법적 공증 절차를 거쳐 이미 양도한 차를, 본인이 방치하고 도망오기만 하면 그 양도한 차가 자동으로 제 차가 되며, 45개월 동안 할부

원금과 이자를 납부하고 있는 제가 남아 있는 모든 책임을 질 수도 있다는 이 우매한 생각이 순진하기까지 합니다.

또한, 남종철은 한국 돈 4,700만 원을 주고 산 차를 왜 제 명의로 해 놓았고, 보지도 못한 그 차를 저에게 언제 인도하고 무슨 방법으로 저에게 수십 차례 명의 이전해 달라고 가슴이 찢어지듯 애걸복걸했는지 정말 안타깝습니다. (소설도 이 정도면 재미가 없어지고 짜증이 납니다.)

존경하는 재판장님,

지금 이 대여금 소송 사건은 우발적 범행이 아니라, 어설픈 계획 범죄입니다. 또한, 남종철의 진술이 사실이라면 본인 명의로도 살 수 없었던 그 차는 필시 필리핀에서 또 다른 범죄에 연루되었을 가능성이 큽니다. 저는 한국 돈으로 구입한 차는 알지 못합니다. 남종철이 차량 인도금을 내고 할부 원금을 제가 부담하는 그 할부차량만 기억하며 그 차량만 명의 이전할 책임과 의무가 있습니다.

존경하는 재판장님,

사건 이후 지속적인 살해 위협과 변론하던 변호사마저 총격을 당하는 전대미문의 사건이 연속적으로 발생하고 교민사회마저 남종철을 멀리하고 쉬쉬하는 허탈한 충격에 빠지자, 남종철은 스스로 돌이킬 수 없는 자멸감 때문에 차량을 내버려두고 도망칠 수밖에 없었던 상황이었을 거라고 짐작은 갑니다.

하지만 지금 남종철은 있지도 않은 차의 차량 가격을 요구하고, 돌려주지 않은 차용증과 이중 발행된 약속어음과 각서 등으로 또 다른 범죄 행위를 시도하며 배신의 한계를 넘어 소송을 통한 강도짓까지 서슴지 않고 있는 것입니다.

또한, 본인의 더러운 욕심을 채우고자 한 때는 벗이었던 한 사람을 억울한 소송 사건에 끌어들이고 농락하며 이 신성한 법정을 우롱하고 세상을 조롱하고 있으니 참으로 참담하고 안타까울 따름입니다.

존경하는 재판장님 지선경이 제출한 별첨은 본인 남종철이 총기 사건으로 모든 서류를 분실했을 거라고 판단하고 제출한 서류인 것 같습니다. 저를 포함해 지선경에게 피해 입은 교민들이 많은 거라 예상됩니다. 치밀하게 한국 교민들을 힘들게 하는 지선경을 꼭 재판장님의 현명한 결정으로 많은 교민에게 힘이 되어 주십시오.

본인 남종철이 제출한 서류가 위조라면 그 어떤 처벌도 달게 받겠습니다.

총 지선경이 빌려 간 돈 530만 페소(143,000,000원) + 차량 금액, 지급하기로 약속했던 금액까지 합하면 2억이 넘습니다. 지금 본인 남종철은 부모님이 살던 집마저 처분하고 전세로 옮겨 은행 빚을 갚고 있는 실정입니다. 하루하루가 너무 힘들고 너무나 괴롭게 살아가고 있습니다. 총기 사건으로 인해 장애인 같이 목도 못 돌리는 저는 막노동도 못 하는 지경입니다. 재판장님 정말 지선경에게 돈을 받지 못하면 전 정말 어떻게 살아가야 할지 모르겠습니다. 제발 다시 용기 내어 살아갈 수 있도록 도와주십시오.

존경하는 재판장님,

남종철은 지금 본인의 가증스런 속셈을 상대방에게 뒤집어씌우고 동정마저 구하는 교활함까지도 보이고 있습니다.

남종철이 제출한 서류는 위조된 것이 하나도 없습니다. 남종철이 서류를 분실했든, 다시 서류를 찾았든 저랑 아무런 상관이 없습니다. 다만 돌려주지 않고 오랫동안 보관하고 있다가 소송을 통한 지능적 범죄 행위를 하려 하고 있을 뿐입니다.

호텔에서는 하루에도 수십 장씩 일어나는 거래장과 영수증을 오랜 시간이 지난 지금에 실로 찾기는 어려웠으나 다행히 모든 근거 서류가 나오고, 잊혀졌던 그 날의 일들이 주마등처럼 스쳐 지나갑니다.

　존경하는 재판장님,

　배가 고파서 행인의 돈을 빼앗으려는 강도가, 돌려주지 않은 차용증만 가지고 억대 소송 강도 행각을 벌이려는 남종철의 범죄에 비하면 아무 일도 아니라는 어처구니없는 생각도 해 봅니다.

　본인은 잘못이 있으면 어떤 처벌도 달게 받겠다 하였은즉, 현명하신 판사님께서는 법은 살아있고 진실은 밝혀지며, 어떻게 살아갈지 모른다는 저 남종철에게 최소한 이렇게는 살지 말아야 한다는 추상같은 삶의 교훈을 남겨 주시기 바랍니다.

　돈을 빌리는 약자의 입장에서 사채업자인 남종철이 요구하는 대로, 같은 내용을 차용증 약속 어음 각서까지 써 주며 채무를 변제하였지만 그 증서를 회수하지 못한 큰 실수가 남종철로 하여금 3, 4년이 지난 지금, 이렇듯 엄청난 범죄 행위로 이용될 줄을 전혀 몰랐습니다.

　마지막으로 이번 남종철 대여금 반환 소송, 사기 범죄의 진실을 재구성하며 최후의 변론을 마치고자 합니다. 감사합니다.

대여금 소송 사기사건 진실의 재구성

단위: 페소

차용 내역		변제 내역	
내용	차용금액	내용	변제 금액
차용증 계약서	530만	50% 호텔 숙박권 → 은행 약속 어음 발행 370만	160만
		은행 수표 → check voucher	150만
		차량할부원금 → 결산서와 할부원본 양도, 양수 계약서	123만6천
		한화 송금 → 결산서	38만
		밀린 호텔 숙박료	19만2천4백
차용금액 합계	530만	변재 금액 합계	490만8천4백
		차용잔액 합계	39만1천6백

 위와 같이 중간 결산 후 남종철 본인이 직접 쓴 결산서를 가져와(여기서도 한화 1천만 원 받은 적이 없다고 억지 주장하며 중고 마쯔다, 스타렉스 차량 수리비를 요구함)결론하여 차용잔액 40만 페소로 확정함.

차용 내역		변제 내역	
내용	차용 금액	내용	변제 금액
중간 결산 후 확정된 차용잔액 (40만 페소)과 도요다 차량 금액 (40만 페소)을 포함한 각서를 요구하여 써 줌	80만	스타렉스, 마쯔다 차량 가격	40만
		현금 → cash voucher	20만
		현금 → cash voucher	10만
		현금 → cash voucher	5만
		현금 → cash voucher (full payment)	5만
중간 결산 후 차용금액 합계	80만	중간 결산 후 변제금액 합계	80만
		차용잔액 합계	전액 변제

8. 이제는 떠나고 싶다

산 넘어 산이라는 이야기가 있지만, 나에겐 아직도 진행 중인 재판이 있다. 믿었던 필리핀 호텔 직원들의 공금횡령과 배임이라는 사건으로 나를 슬프게 하는 마지막 소송이다. 이 재판은 추정되는 횡령 금액만도 필리핀 돈 38밀리언 페소(한화 10억 정도)가 넘은 금액으로, 수년간에 걸쳐 호텔 직원들끼리 공모하여 나를 배신한 사건이다.

큰 수술 이 후 시골에 홀로 계실 어머니를 모셔야 했기에 나는 고향에 돌아왔고, 효율적인 호텔 운영을 위해서 나보다는 경험이 많은 경영인이 나을 거라고 판단해 전문 매니저를 고용했다. 고객관리와 운영관리, 두 부서로 나누고 해당 업무의 헤드 매니저를 채용했다.

그리고 나름 원활하게 호텔의 업무가 이루어질 수 있도록 시스템을 만들었고, 이들은 각자 맡은 업무에서 전문성을 발휘할 수 있도록 지원했다.

처음에는 각자의 위치에서 최선을 다하고 한국에 나에게 빠짐없이 일일 보고를 하며 월말 결산 보고도 거르지 않았다.

하지만 언젠가부터 그들은 근무시간에 골프를 치는 등 업무를 소홀히 하면서 서로 방임하며 횡령을 시작했고, 호텔 수입을 속이기 시작했다. 그들은 줄어드는 호텔 수익을 지적하면 나의 호텔 주변에 새로운 호텔이 들어서면서 상대적으로 손님이 줄고 있으며, 노후된 설비의 보수경비가 많이 들어가고 있다고 변명을 하기도 했다.

오랫동안을 설마 하는 마음으로 지켜보던 어느 날, 나는 예고 없이 필리핀에 입국하였는데, 나의 호텔 사무실, 매니저 책상 위에 '한인사회 골프회장'이라는 명패가 눈에 들어왔다. 그 모임은 한인 지역사회에서 나름대로 성공을 이룬 이들의 골프 모임이었고, 그 회장직을 나의 한국인 매니저가 하고 있다는 것이었다.

내가 한국에 있는 동안 그에게 호텔 전반적인 운영을 일임했고, 소신 있게 일할 수 있도록 나의 책상까지 비워준 것은 가족처럼 생각했던 나의 마음이었다. 또한, 나는 그에게 기본급 외에도 호텔 내에 있는 식당과 마사지샵을 독립채산재로 운영할 수 있도록 하여 충분한 수입을 보장해 주었다. 그것은 객실 수입과 관리비만큼은 손대지 말라는 나의 메시지였고, 그가 나의 뜻을 모를 리 없었다.

"지난달 호텔 수입이 3백만 원이더라. 호텔 손님이 그리도 없었더냐?"

"예. 그래도 이 불경기에 우리는 선방한 겁니다. 신축 호텔이 생긴 거 보세요. 주변 환경이 달라져서 수익이 많이 줄었습니다."

그런데 이런 불경기인데도 작은 호텔 매니저가 골프 회원권을 소유하고 근무시간에 근무지를 이탈하여 내기 골프를 치고 있다는 것이었다. 더군다나 골프회장까지 맡아 모임을 주도한다면 그 비용은 어디서 나오며, 무슨 돈으로 골프 회원권을 구입했는지 도무지 앞뒤가 맞지 않는 상황이었다. '아…, 뭔가 잘못되고 있구나.' 하는 직감과 그동안 호텔 수입이 줄어들면서 매니저의 석연치 않던 말과 행동들이 눈앞을 스쳐 지나갔다. 나는 이 상황을 좀 더 파악하기 위해 재정 관리를 맡고 있던 필리핀 매니저를 호출했다.

"아무래도 한국인 매니저를 해고해야겠다."

"왜 그러십니까?"

"매출액은 줄고 영업은 힘들다는데, 어떻게 이 작은 호텔의 매니저가 골프회장을 하고 근무시간에 골프를 칠 수 있는지 당신은 알고 있는 것이 있는가?"

"그런데요, 보스…, 저는 잘 모르지만, 조금 신중하실 필요가 있어 보입니다. 우리 호텔을 찾던 손님들이 한국 매니저가 다른 호텔로 옮기면 숙소를 바꿀 수 있습니다."

그렇다. 내가 한국에 있는 동안 매니저가 사장 역할을 했고, 어쩌면 나를 보지 못한 손님들은 그를 호텔 주인이라고 생각할 수 있다는 생각이 스쳐 지나갔다. 하지만 내가 한국 매니저를 해고하겠다고 단호하게 말하는 순간, 필리핀 매니저 얼굴에 스쳐 지나가는 그 당황함이 무엇을 의미하는지는 그가 스스로 퇴사하고 나서 깨닫게 되었다. 나는 견제와 균형, 효율적인 관리를 위해 시스템을 만들었지만, 그의 표정은 그들은 각자의 위치에서 횡령하며 서로 공모하고 있었음을 확신하게 하는 하나의 단서가 되었다.

결국, 나는 새로운 매니저와 직원들로 교체한 후 그동안의 영업 손실과 과다 지출 내용을 보고받을 수 있었고, 그들이 얼마나 오랫동안 서로의 횡령을 묵인하며 공모했는지를 파악할 수 있었다. 그들의 횡령 액수와 방법은 예상했던 것보다 훨씬 더 교묘했고, 횡령한 재산들을 타인 명의로 돌려놓는 치밀함도 놓치지 않았다.

[한국 매니저의 소유]
고급 주택 2층 70평 타운하우스 1채, 골프 회원권 1개,
자가용 2대
[필리핀 매니저의 소유]
빌리지 2채, 땅 4필지, 자가용 1대

지금 그들은 23가지 범죄 항목으로 필리핀 법원에 기소되어

있고 체포영장이 발부된 상황이지만, 필리핀 매니저는 도주 중이고, 한국 매니저만 구속된 상태이다. 어쨌든 내가 처음 추적하고 발견한 그들의 범죄혐의는 주유비 횡령 사건이었다.

나는 고객을 위한 서비스 차원에서 호텔 차량을 4대 소유하고 주유비 쿠폰을 발행해 지정된 주유소에 주유한 후 월말에 일괄 결제하는 방식으로 회사를 운영하고 있었다. 나는 평소에도 같은 규모의 다른 호텔에 비해 나의 호텔은 차량 유지관리비가 과다하게 들어간다고 생각했던지라, 거래하던 주유소에 1년 치 주유 내역부터 확인했다.

하지만 예상보다 충격이었다. 처음 보는 주유소 거래처 장부에는 내가 알지 못하는 차량번호 6대가 더 등록되어 있었다. 한국 매니저 개인차량 2대, 필리핀 매니저 개인차량 1대, 그의 가족 친척들 차량 3대…. 심지어 그 차량 중에서 한 대는 매니저 현지 처 자가용으로, 나 몰래 그 차량을 호텔 명의로 구입하고 할부금, 보험 및 차량 수리비 등 모든 것마저도 호텔 공금으로 지출되고 있었다.

그 후 이들의 범죄 행위를 추적하면서 가장 충격적인 것은 나의 사인을 위조하여 필리핀 매니저와 함께 불법 대출을 받아 나누어 가진 일이었다. 이것은 외국인이 필리핀에서 법인회사를 만들기 위해선 명목상 외국인의 지분은 40%, 필리핀 사람들의 지분을 60% 인정하도록 하는 필리핀 법을 악용했기 때문이다.

또한, 한국인 매니저는 나의 호텔에서 해고된 후 근무하던 필리핀 직원들을 데리고 나가 같은 지역 인근 건물을 임대하여 호텔 운영을 하며 기존 고객들에게 자신들의 호텔을 이용하도록 유도하는 배신행위를 서슴지 않았다.

아무리 거액이지만 모든 것을 직원들에게 믿고 맡긴 나의 불찰도 있었기에, 횡령한 금액을 사실대로 이야기하고 용서를 빌었다면 나는 그들에게 다시 한번 기회를 주고 싶었다. 하지만 내가 그들의 범죄 행위를 쫓는 도중 반더미(명목만 이사)라는 필리핀 법을 악용하여 나를 먼저 법원에 고소하고 살해 위협을 가하는 등 내가 생각했던 것보다 훨씬 더 영악해져 갔다.

드러난 증거를 토대로 그들의 횡령 사실이 모두 밝혀졌지만, 반성은커녕 이 모든 책임을 나에게 미루며 더 이상 범죄 사실을 추적하지 않으면 본인들도 소를 취하하겠다는 사악한 본심을 드러내기도 했다. 내 변호사에게 들은 이야기로는 내가 범죄 사실을 추적하지 않고 각자의 변호사가 합의를 이끌어 주면 5밀리언 페소(1억 2천만 원 정도)를 성공보수비로 지불하겠다는 은밀한 제안을 했다고도 한다. 이 소송은 아직도 진행 중이다.

인생 제3막

삶이 그대를 속일지라도
슬퍼하거나 노하지 말라
우울한 날들을 견디면
믿으라, 기쁨의 날이 오리니

마음은 미래에 사는 것
현재는 슬픈 것
모든 것은 순간적인 것, 지나가는 것이니
그리고 지나가는 것은 훗날 소중하게 되리니

-푸쉬킨-

제1장

아! 코로나

미국 속담에 "기르던 개에게 손목을 물린다."라는 이야기가 있지만, 가족처럼 생각하던 직원들에게조차 배신을 당하고 나서는 필리핀 앙헬레스에서 누구를 만난다는 것이 두려워지고 그곳이 싫어졌다.

나는 이들의 횡령과 배임, 범죄 행위를 어느 정도 추적한 후 필리핀 검찰에 기소했지만, 더 이상 사람들을 고용해서 관리하며 호텔을 운영할 수 있는 자신이 없어졌다. 그래서 나는 임대를 결심하고 내가 직접 운영하는 인터넷 카페, 또 교민 단톡방을 이용하여 SK 콘도텔에 새로운 운영진을 구한다는 광고를 냈다. 하지만 예상외로 중국인들이 나의 호텔 임대 소식을 듣고 나에게 한국인들보다 2배의 임대조건을 제시하며 계약하기를 원했다. 월 임대료 1.8밀리언 페소(한화 4,500만 원)

호텔 부지 매입부터 소송에 휘말리고 사채를 빌리고 상환하기를 반복하며 호텔을 신축하고 운영했지만, 직원들의 공금횡령까지 겪으며 만신창이가 된 나에게 중국인들과의 임대 계약은 한 줄기 빛이었다. 중국인들과의 임대계약은 그동안의 모든 고난을 위로했고, 가슴 아팠던 인간관계마저도 웃으며 이야기할 수 있는 해피엔딩이었다. 모 연예인이 서울 강남에 200억 상당의 건물을 소유하고 월 임대료가 4,000만 원이 넘는다는 소문이 사람들에게 회자되던 그때였다.

덕분에 나는 가벼운 마음으로 한국에 들어와 그간 앞만 보며 내달렸던 빠른 걸음을 잠시 멈추고, 지나온 길을 뒤돌아보는 시간을 보내며 글로 나의 인생을 정리해 보기로 했다.

하지만 긴 터널을 지나고 한 줄기 서광에 눈이 부셔 앞을 보지 못할 때, 동쪽 어느 끝에서 왕관 모양을 한 바이러스가 소리 없이 일어나 먹구름이 되고 나중에 쓰나미가 되어 전 세계를 팬데믹으로 몰고 간다는 것을 그때는 미처 몰랐다.

일명, 코로나바이러스감염증19(코로나 19). 하지만 누가 알았겠는가? 2019년 11월 중국 후베이성에서 처음으로 발생하여 보고된 새로운 유행의 변종 급성 호흡기 전염병이 전 세계를 공포의 도가니로 집어넣을 줄을…. 전대미문의 신종바이러스 코로나가 전 세계를 강타하면서 모든 나라는 앞을 가늠할 수 없는 혼돈의 상황에 빠졌고, 급기야 국제보건기구는 비상사태를 선포하였다. 몇 개월 뒤 코로나는 필리핀에도 해일처럼 밀려왔고, 결국 중국 임차인들은 3개월 만에 계약을 취소하고 본국으로 철수해버렸다.

'무슨 일이 일어나고 있는 거지?'

나는 계약 기간을 지키지 않은 중국인들을 원망하며 남겨진 종이 한 장으로 계약이행을 촉구했지만 이내 끝을 알 수 없는 코로나의 깊은 수렁 속으로 빠져들었다. 모든 나라는 걷잡을 수 없는 속도로 퍼져 나가는 코로나를 막기 위해서 개인 간의 격리와 공항 폐쇄를 선포하고 국가 간의 교류도 전면 중단되는 등 세상의 모든 것이 멈추어 버렸다.

공항과 항만들이 빗장을 걸어 잠그자, 관광과 여행에 관련된 모든 사업이 가장 치명적인 타격을 받았고, 나의 호텔도 예외는 아니었다. 관광객 한 명 찾아오지 않는 나의 호텔은 직원 몇 명만으로 최소한의 유지를 하며 버텼고, 끝이 없이 밀려오는 코로나라는 쓰나미에 떠내려가지 않기 위해 안간힘을 쓰고 있었다.

코로나 기간중에 가장 힘들었던 것은 필리핀 은행에서 빌린 대출금 8억에 대한 이자를 내는 일이었고, 그 금액은 환율 변동에 따라 차이가 있지만, 월 900~1,000만 원 정도였다. 코로나로 인해 호텔 운영이 멈춘 상황에서 매달 어김없이 청구되는 은행 이자는 무엇보다 나를 점점 더 벼랑 끝으로 몰고 갔고, 필리핀 은행에서도 한 달만 연체하면 경매 경고장을 한국으로 보냈다.

코로나가 지나가는 바람인 줄 알았던 전염병 유행 초기에는 모든 관리비를 줄이며 버틸 수 있었지만, 펜데믹 기간이 점점 길어지면서 여유 자금은 바닥이 났고, 나는 그때부터 생활이 아닌 생존을 위해 여기저기 다이얼을 돌려야 했다. 또한, 언젠가부터는 사채 명함을 안쪽 주머니에 꽂고 다니고 10여 년 타고 다닌 내차 중고시세를 여기저기 수소문하며 하루하루를 버텨야 했다.

당장 몇 푼의 생활비마저 궁했던 어느 날은 통신 결합상품에 가입하면 현금 48만 원을 선지급한다는 광고가 눈에 들어왔고, 그 돈으로 힘겨운 한 달을 넘기기도 했다. 살아남기 위해, 20년이 넘게 월 5천 원으로 이용해 오던 유선방송을 해지하고, 향후 몇 년 동안 월 3만 원씩의 비싼 사용료를 납부해야 하는 통신상품을 선택한 것이었다.

그런 와중에 남아 있던 필리핀 직원들이 마지막 비상상황에 대비해 남겨둔 경비마저 횡령하는 사건이 일어났고, 나는 결국 불면증, 공황장애를 이기지 못해 정신병원을 스스로 찾고 말았다. 나는 신경제 약을 복용하며 끝이 보이지 않는 나락으로 떨어졌고, 코로나의 깊은 수렁 속에서 살기 위해 허우적거리며 세상을 원망했다.

하지만 죽음의 공포마저 느끼던 어느 날, 나는 창문가로 스며

드는 한 줄기 빛에 흐트러진 나의 모습을 발견하며 한동안 장롱 깊숙이 넣어두었던 성경책을 다시 집어 들었다.

'하나님, 나의 하나님, 지금 무슨 일이 일어나고 있는 거죠? 앞으론 어떻게 될 건가요…?'

여호와는 나의 목자시니 내게 부족함이 없으리로다
내가 사망의 음침한 골짜기로 다닐지라도
해를 두려워하지 않을 것은 주께서 나와 함께 하심이라
주의 지팡이와 막대기가 나를 안위하시나이다
-시편 23편-

나는 성경 말씀을 묵상하며 침상을 털고 일어나 아파트 뒷동산에 오르기 시작했고, 푸른 숲의 깊은 초록 향기를 맡으며 감사의 기도를 시작하였다. 그리고 매일 한 걸음 한 걸음씩 운동의 양을 늘려가며 새로운 꿈에 대한 도전, 세상에서 가장 높은 산, 히말라야를 생각했다.

그런데 꾸준한 운동을 통하여 아무도 알려주지 않았던, 지금까지 모르고 있었던 기적 같은 변화들이 나를 찾아오고 있었다. 실패 없는 히말라야 등정을 위해, 동행하는 사람들에게 민폐가 되지 않기 위해 시작했던 운동으로, 20여 년간 복용하던 당뇨약과 고혈압약을 끊게 되었다.

생각은 습관이 되고, 습관은 운명이 되며, 꿈은 이루어진다고 하지 않았는가! 그렇게 매일 꾸준히 한 운동을 통해 약으로도 해결하기 힘들었던 우울증이 사라졌고, 잃었던 건강상태도 많이 회복되었다.

또한, 감사한 것은 코로나가 끝나가는 시점에 새롭게 호텔 임대 계약이 성사되면서 지금까지 몸부림쳤던 돈, 명예, 권력으로 얼룩진 세상의 욕망에서 벗어날 수 있었고, 나를 통한 그분의 뜻이 무엇인지에 귀를 기울이게 되었다.

제2장

또 다른 도전과 꿈, 히말라야

세상 사람들은 끝이 보이지 않던 코로나라는 긴 터널을 빠져나와 사람들은 일상으로 돌아가기 시작했고, 나 역시도 그동안 접어두었던 버킷리스트 중 하나를 꺼내 들었다. 신이 허락하지 않으면 아무나 오를 수 없다는 곳! 히말라야. 세계에서 가장 높은 산맥 중의 하나 안나푸르나 토롱라 패스를 넘는 산행에 도전장을 내밀었다.

사실, 나는 어릴 적부터 운동보다는 책 읽는 것에 관심이 있었고, 축구보다는 바둑 두기를 좋아했기에 평소 몸을 쓰는 활동에는 도통 자신감이 없었다. 고향의 가까운 뒷동산조차 한 번 오른 적 없을 정도이니, 그런 나에게 히말라야는 감히 상상할 수 없는 도전이었고, 그런 나를 아는 지인들에게는 놀라움이었다.

갈 길이 멀게 느껴졌지만, 나는 코로나로 느슨해진 생활 습관부터 고치는 노력으로 수면 시간과 식사 시간, 식단, 식사량을 정해 매일같이 규칙적인 생활을 하며 운동을 시작했다. 담배와 술을 멀리하고 육체를 단련하기 위해서 날마다 수행해야 할 운동량을 정한 후 어떤 상황에서도 나의 핑계로 익숙한 비겁함과 게으름에 굴복하지 않으려고 노력했다.

* 15층 아파트, 40번 왕복으로 10,000계단 오르기
* 동네 뒷동산 5번 오르내리기
* 마라톤 49.195m 거리를 트래킹 속도로 걷기

히말라야 안나푸르나 5,416m 토롱나 패스

그리고 몇 달 후, 전문산악 장비가 없이 일반인들이 도전할 수 있는 히말라야 산맥 중 최고봉, 안나푸르나를 넘는 토롱나 패스 트래킹에 도전하였고, 결국 나는 완주에 성공하였다.

눈이 사는 곳, 지구라는 별의 지붕, 히말라야가 내게 말했다.

'인간이 얼마나 작은지 보이느냐고? 더욱 겸손하기를 노력하며 살아가는 것이 어떻겠냐고?'

가난하지만 착한 눈빛의 네팔 사람들, 자연에 순응하며 살아가는 그네들의 방식, 행복이 멀리 있지 않음을 보여주는 그 소박한 삶의 현장에서 나는 나를 보았다.

장엄한 산맥과 눈이 닿는 곳마다 숨 막히도록 아름다운 설경은 오로지 하나님의 창조였음을 고백하게 되었다. 또한, 히말라야를 오르는 동안 나는 창조의 질서 안에서 어떤 존재로 태어났으며, 앞으로 어떻게 살아가야 할지를 깊이 생각하며 걸었다.

사실 나는 사전에 철저한 준비 없이 직감에 의존해 사업을 시작하고 운영하다가 작은 실수를 많이 했고, 또 현실과 쉽게 타협하는 인내심 없음에 스스로 자유롭지 못했다. 그때까지 누군가로부터 당신이 살아온 삶의 모습은 어땠느냐는 질문을 받는다면 '열심히는 살아왔지만, 끝까지 제대로 해낸 것이 없다.'라는 것이 솔직한 나의 고백이다. 잘하고 싶었으나 무엇 하나 잘하지 못하는 내가 싫었고, 성공하고 싶었으나 뭐 하나 끝까지 참고 이겨내지 못하는 내가 안타까웠다.

어쩌면 히말라야는 그런 나의 한계에 대한 도전이었고, 신께 허락을 구하는 두려움에 맞서는 용기이었고, 나를 규정짓는 세상의 편견을 뛰어넘는 일이었다. 무모하게 도전했지만 나를 받

아준 히말라야는 다시금 나에게 새로운 길을 안내하며 자신감
또한 회복하게 하는 값진 경험을 안겨다 주었다.

제3장

이젠 돌아서 가야 하는 길

전도서-호세아

- 다윗의 아들 예루살렘 왕 솔로몬의 말씀이라
- 전도자가 이르되 헛되고 헛되며 헛되고 헛되니 모든 것이 헛되도다
- 해 아래에서 수고하는 모든 수고가 사람에게 무엇이 유익한가
- 한 세대는 가고 한 세대는 오되 땅은 영원히 있도다
- 해는 뜨고 해는 지되 그 떴던 곳으로 빨리 돌아가고
- 바람은 남으로 불다가 북으로 돌아가며 이리 돌며 저리 돌아 바람은 그 불던 곳으로 돌아가고
- 모든 강물은 다 바다로 흐르되 바다를 채우지 못하며 강물은 어디로 흐르든지 그리로 연하여 흐르느니라.
- 모든 만물이 피곤하다는 것을 사람이 다 말로 말할 수는 없나니 눈은 보아도 족함이 없고 들어도 가득 차지 아니하도다

- 이미 있던 것이 후에 다시 있겠고 이미 한 일을 후에 다시 할지라 해 아래에는 새것이 없나니
- 무엇을 가리켜 이르기를 보라 이것이 새것이라 할 것이 있으랴 우리가 있기 오래전 세대들에게도 이미 있었느니라
- 이전 세대들이 기억됨이 없으니 장래 세대들도 그 후 세대들과 함께 기억됨이 없으리라
- 나 전도자는 예루살렘에서 이스라엘 왕이 되어
- 마음을 다하여 지혜를 써서 하늘 아래에서 행하는 모든 일을 연구하며 살핀즉 이는 괴로운 것이니 하나님이 인생들에게 주사 수고하게 하신 것이라
- 내가 해 아래에서 행하는 모든 일을 보았노라 보라 모두 다 헛되어 바람을 잡으려는 것이로다.
- 구부러진 것도 곧게 할 수 없고 모자란 것도 셀 수 없도다
- 내가 내 마음속으로 말하여 이르기를 보라 내가 크게 되고 지혜를 더 많이 얻었으므로 나보다 먼저 예루살렘에 있던 모든 사람들보다 낫다 하였나니 내 마음이 지혜와 지식을 많이 만나 보았음이로다
- 내가 다시 지혜를 알고자 하며 미친 것들과 미련한 것들을 알고자 하여 마음을 썼으나 이것도 바람을 잡으

려는 것인 줄을 깨달았노라

- 지혜도 많으면 번뇌도 많으니 지식을 더하는 자는 근심을 더하느니라

- 오라 우리가 여호와께로 돌아가자 여호와께서 우리를 찢으셨으나 도로 낫게 하실 것이요 우리를 치셨으나 싸매어 주실 것임이라

- 여호와께서 이틀 후에 우리를 살리시며 셋째 날에 우리를 일으키시리니 우리가 그의 앞에 서리라

- 그러므로 우리가 여호와를 알자 힘써 여호와를 알자 그의 나타나심은 새벽빛같이 어김없나니 비와 같이, 땅을 적시는 늦은 비와 같이 우리에게 임하시니라 하니라

자서전을 마무리하며...

　　　　　하지만 내게는 누군가에게 드러내지 못하는 배움에 대한 콤플렉스가 있다. 학원 칠판 닦기를 하며 재수를 하고, 신문사 총무를 하며 대학에 다녔지만, 학업을 마치지 못한 아쉬움 때문일 거다. 하지만 나는 내 안의 말 못할 콤플렉스를 극복하기 위해 무던히 노력했고, 시간이 허락되고 기회가 찾아오면 배움터를 찾았다. 나를 성장시키기 위해 전문적인 지식뿐만 아니라 리더십에 관한 훈련도 받았고, 인생을 즐겁게 삶을 풍요롭게 하는 배움도 게으르지 않았다.

인천대 경매컨설턴트

중앙일보 상가컨설턴트

크리스토퍼 리더쉽센터

한국 청년회의소 인천

인천 동암 로타리 클럽

명지대 해외진출 최고위과정

고려대 국제대학원

글로벌 차이나 과정

....

여행 작가학교

중앙대 사진 아카데미

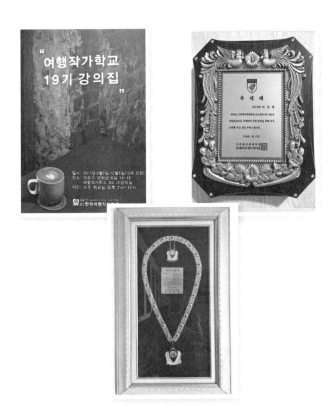

월간지 대여 판매부터 시작해 미용 사업, 렌탈 사업 위성방
송설치 사업, 이동통신 대리점, 경매 컨설턴트, 필리핀에서 호
텔 사업까지.

→ 의림 문화정보센터

→ 헤드라인

→ 대륭정보통신

→ 부동산갤러리

→ 백제성의 아침(SK 콘도텔)

뒤돌아보면, 무일푼으로 시작한 나의 사업에서 막다른 골목 같은 한계는 벼랑 끝 위기이자 나를 변화시키고 성장시키는 멋진 기회였다. 모진 풍파를 이겨내지 못한 항해사가 어찌 유능한 선장이 될 수 있겠는가?

지나고 보면 실패도 하고 작은 성공도 이루었지만, 결국 이 모든 것은 나를 한 단계 성장시키는 과정이었고, 협력하여 선을 이루시는, 여기까지 나를 인도하신 하신 그분의 섭리였음을 나는 고백할 수밖에 없다.

이제 필리핀 앙헬레스 SK 콘도텔도 10년이 넘어가고, 나도 이제 인생의 후반전을 준비하는 나이 60이 되었다. 마라톤 경기의 반환점을 돌아 다시 출발선으로 돌아가듯 허둥지둥 살아왔던 내 인생의 전반전을 이제 정리하면서 내 인생의 후반전은 버리고, 비우고, 나누며 주님 길 따라가고 싶다.

그동안은 높은 단상 위에 있는 사람들의 손을 잡으려 노력하고 오르려 했지만, 이제는 단상 아래로 내려와 좀 더 낮은 곳에서 가난한 이웃들에게 손을 내밀고 주님이 내게 허락하신 사랑을 나누고 싶다. 가난하고 소외된 이웃들을 섬기러 이 땅에 오신 예수님처럼.

나는 지금 외로움이 몰려오는 저녁 무렵, 색소폰 한 곡으로 마음을 달래고 곱게 물들어가는 단풍나무가 그리울 때면 카메라를 어깨에 메고 거리를 나선다.

사람은 늙고 나이 들어서
새로운 도전을 중단하는 것이 아니다.
새로운 도전에 대한 꿈을 접을 때 비로소 늙는다.
만약 꿈이 없다면 나도 모르는 사이에
천천히, 그러나 확실히 시들어 버릴 것이다.
-엘링 카-

·
·
·

미처 못다 한 이야기들

1. 등록금을 대 주던 첫사랑

너무 진하지 않은 향기를 담고 ~

진한 갈색 탁자에 다소곳이

말을 건네기도 어색하게

너는 너무도 조용히 지키고 있구나

　　　　　　1980년대의 젊은 청춘이라면 누구라도 좋아했을 음악 노고지리의 「찻잔」이란 노래이다. 그녀를 처음 만난 건 음악 DJ가 있는 충주 어느 음악다방이었다. 그날에 흘러나오던 이 노래는 첫 만남으로 서먹서먹했던 우리에게, 내 앞에서 살며시 웃기만 하던, 치아가 곱고 조용하던 그녀와 나의 만남을 운명이라 느끼게 하던 노래였다.

　그 후, 우리는 내가 군에 입대할 때까지 6개월여, 군 복무 기간에도 3년 동안, 제대 후 복학해서도 1년 남짓, 그렇게 오랫동안을 사랑을 나누고 그리워했다.

　애틋한 소설의 주인공은 언제나 우리를 닮았고, 추억을 노래하는 슬픈 노래는 항상 나의 이야기였다. 많은 추억이 있지만, 그 중에서도 군대 훈련병 생활을 끝내고 자대 배치받은 후 그녀가 첫 면회를 왔을 때의 추억을 생각하면 지금도 마음이 아프다.

요즈음은 핸드폰을 휴대하고 군 복무를 한다고들 하는데 그 당시에는 군 복무 중 통신보안 검열이 심하여 편지를 써서 안부를 전할 때, 실수라도 부대 위치나 주소를 알도록 하면 군대 영창을 가던 시절이었다. 첫사랑도 나를 면회 오려면 주소도 없는, 봉투 겉면에 적힌 육군 제7305부대라는 이름만 가지고 이웃의 전역한 사람들에게 위치를 물어물어 온종일 시외버스를 몇 번씩 갈아타며 찾아와야 했다.

하얗게 쌓인 눈이 무릎까지 차오던 그녀가 첫 면회 오던 그날 크리스마스이브, 전방에는 때아닌 비상 경계령이 발령되었고, 모든 병사는 외박, 외출 금지령이 떨어지고, 우리에겐 30분간의 짧은 만남만 허락되었다. 입영열차를 타고 떠나는 나를 친구의 등 뒤에 서서 괜찮다고, 기다릴 거라고 애써 지은 미소로 나를 위로하던 그녀는 또다시 분단국가의 현실 앞에 슬픈 미소만 보여주고 다시 오던 길을 돌아가야 했다.

그 후, 그녀는 나를 면회하기 위해 먼 길을 마다지 않고 한 달에 한 번씩 나를 찾아왔고, 교회를 다니지 않았지만, 부대 앞 작은 예배당에 들러 우리의 미래를 위해서 작은 꽃병을 준비하곤 했었다. 부대 안에서도 천사 같은 그녀의 모습에 나는 부러움의 대상이었고, 군 복무 기간 떨어져 있으면서도 우리의 사랑은 커져만 갔다.

어느덧 3년의 세월이 흐르고 군 생활이 끝나 전역을 했을 때 그녀는 졸업과 동시에 취업하고 사회생활도 시작하였다. 그리고 그녀는 복학 등록금을 마련하지 못하고 고민하던 나를 위해 몇 달 치 급여를 선뜻 건네며 다시 대학생활을 시작하는 나를 축하하며 눈물을 흘리던 아이였다. 그리고 우리는 한 달에 한 번씩 데이트를 하곤 했는데, 그녀가 전방에서 복무하는 내게 면회를 와 주었듯, 제대 후부터는 학생인 내가 새벽 기차를 타고 직장을 다니고 있는 그녀에게 달려가 우리의 사랑을 만들어갔다.

만나면 하룻밤이라도 함께 보내고 싶은 젊은 청춘이었지만, 우리에겐 아침 일찍 만나 저녁 늦게 헤어지는 하루만이 허락되었다. 나는 아직 수입이 없는 가난한 대학생이었고, 그녀가 항상 데이트 비용을 쓰는 것이 내겐 부담이었기 때문이다.

하지만 어느 날, 아주 사소한 다툼은 그동안 사랑이라 여기며 참아왔던 기억 속으로 들어와 우리를 바람처럼 갈라놓았다. 서로를 생각하며 보낸 시간이 5~6년, 사랑 가득 주고받은 편지가 500여 통, 강물같이 흐르던 추억은 별처럼 많았지만, 죽을 만큼 아픈 이별은 한순간이었다.

"진아, 나는 너 만나기 위해 아침 일찍 일어나서 여기까지 오는데 너는 왜 코앞에서 항상 늦는 거야?"

약속된 시간보다 매번 늦게 나오는 날이 많았던 그녀의 습관을 고쳐줘야겠다는 생각으로 시작한 이 한마디는 우리 이별의 서곡이었다. 어느 날, 새벽 기차를 타고 평택으로 달려와 역전 다방에서 그녀를 기다리던 나는 언제나처럼 환한 모습으로 들어오는 그녀에게 애써 화난 표정을 지으며 말했다.

"미안해요. 선경 씨, 저도 아침 일찍 일어나 목욕탕도 다녀오고 우리 점심때 먹을 김밥도 준비하다 보니 시간 가는 줄 몰랐어. 미안해."

"그럼 30분만 더 일찍 일어나면 되잖아. 너는 항상 그렇잖아."

"미안해. 잘못했어요."

이번 한 번만 단속을 제대로 하겠다고 마음먹었던 나는 그녀의 표정을 살피며 일부러 엄한 분위기를 조금 더 몰아갔다. 하지만 처음엔 미안하다 말하며 나를 이해시키고자 애교까지 부리던 그녀의 표정이 어느 순간부터 깊은 침묵과 함께 한숨으로 이어졌다. 그리고 얼마간의 시간이 흐른 후, 오늘 나의 의도된 목표는 성공이라 생각하고 이제는 그녀의 여린 가슴을 달래 줘야겠다는 마음으로 꺼낸 한마디에 그녀는 참았던 눈물을 보이기 시작했다.

"미안해, 놀랐지? 네가 약속 시간에 늦게 나오는 것이 습관이 될까 봐 일부러 화난 척한 거야, 나 못됐지? 마음 풀어. 오늘 우리 어디로 놀러 갈까…?"

그날 우리는 아산 현충사에서 데이트를 하기 위해 시외버스를 탔지만, 그녀를 달래기 위해 의미 없이 떠드는 나의 말에 그녀는 한마디 대꾸도 없이 차창만 바라보고 있었다. 그리고 우리는 서운함도 오해도 풀지 못한 채 헤어졌고, 나는 사랑은 줄다리기라 생각하며 누가 이 게임에서 승자가 될 것을 이미 알고 있듯 자신했지만, 사랑은 저 멀리 떠나가고 있었다.

보통 우리가 한 달에 한 번 만날 때는 만나기 일주일 전에 서로 연락하여 이번에는 어디에서 데이트할까, 어디를 여행할까 하는 계획을 세우곤 했는데, 그달은 아무런 약속을 하지 않은 채 지나친 것이다. '이놈 봐라. 아직도 삐졌구나.' 걱정스런 마음은 있었지만, 나는 그때 먼저 연락하는 것은 자존심이 허락하지 않았고, 이번 기회에 그녀의 나쁜 습관도 확실히 고쳐야 한다고 생각하고 있었다.

나는 한 달이 훌쩍 지난 후 보고 싶고 불안한 마음에 그녀의 회사로 다이얼을 돌렸지만, 그녀는 이미 퇴근한 후였고, 집으로 전화하니 아직 귀가 전이라는 거였다.

'무슨 일이 있는 걸까? 아무 일도 없겠지?'

나는 그날 저녁 불길한 예감을 짓누르며 기차 티켓을 끊어

한달음에 그녀가 살고 있는 평택으로 달려갔지만, 그녀는 보이지 않았고, 쓸쓸한 가로등만 무심한 듯 나를 쳐다보고 있었다. 핸드폰이 없던 시절이라 그녀에게 연락할 길이 없던 나로선 그녀의 아파트가 보이는 동네 구멍가게 앞 전봇대 아래에서 그녀에게 아무 일이 없기만을 바라며 기다리는 것이 최선이었다.

하지만 그녀는 홀로선 가로등 불이 뿌연 안개가 되어 희미해지는 밤 11시가 넘어가는데도 나타나지를 않았고, 가끔 연탄을 갈아 넣는 이층집 아낙네들만 보일 뿐이었다. 기다림에 지치고, 지나간 옛 추억을 생각하며 상념에 빠져있는 순간, 갑자기 좁은 골목길에서 택시 한 대가 나타나 헤드라이트를 비추며 나를 비웃듯 스쳐 지나갔다.

그런데 어슴푸레한 택시 뒷좌석에 앉아있는 사람은 혼자가 아니라 둘이었고, 어깨를 나란히 기댄 남녀 실루엣은 나를 무심한 듯 바라보며 지나쳤다. 나는 그녀는 아닐 거라 고개를 절레절레 흔들며 택시를 뒤쫓아 언덕을 뛰어 올라갔고, 힘없이 걸어가는 그녀의 뒷모습만 보이고 뒤로한 채 택시는 한 사람만을 태우고 미련 없이 떠나갔다.

"같이 타고 온 남자는 누구니?"

"우리 회사 과장님. 너무 늦었다고 바래다준 거야."

믿을 수가 없는 상황이었지만 차라리 그 말이 진실이길 바랐다. 하지만 현실은 아니었다. 어두운 여관방 구석에서 나는 소주병을 의지한 채 의식을 잃었고, 그 남자는 사랑이 아니라고 부인하는 그녀는 흐느끼고 있었지만, 우리의 사랑은 이미 저만치에서 안녕이라고, 이제는 떠날 때라고 속삭이고 있었다.

사랑한다고 수없이 주고받은 이야기는 이제 허공에 흩어져 버린 메아리가 되었고, 사랑도, 그녀도, 아무것도 지키지 못한 나를 비웃으며 먼 길을 떠났다. 처음으로 그녀가 없으면 못 살 것 같다는 생각에 몸부림쳤지만, 사랑하기 때문에 보내줘야 하는 것이 그녀에게 할 수 있는 나의 마지막 사랑임을 고백해야 했다.

그날 밤, 상처받은 가난한 청년은 처음 그녀를 만나 사랑을 이야기하던 강원도 바닷가를 홀로 떠났고, 바닷가 포장마차에서 먼동이 트도록 술을 마시며 그녀에게 마지막 편지를 썼다.

미안하다….
사랑했다….
용서해줘라….
행복해야 한다.

2. 결혼 이야기

신혼 여행 김포공항에서의 기억 # 음성 꽃동네를 찾던 기억 # 아들에 관해 주고받았던 기억 # 비 오는 날 비뇨기과를 찾아간 기억 # 인천 청년회의소 회장이 되던 날의 기억 # 처남 차량에 관한 기억 # 중풍으로 말이 어눌하시던 아버지가 집에 오시던 날 # 딸이 대학 입시에 실패하고 나눈 기억 # 필리핀 고향 마을과 공항에서의 기억 # 딸이 한국 대학에 편입하고 수학 여행을 가고자 했을 때 아픈 기억 # 구치소의 외로움과 검찰청기소, 우편배달 # 우울증과 필리핀 호텔 전기료

누가 현숙한 여인을 찾아 얻겠느냐 그의 값은 진주보다 더 하니라 그런 자의 남편의 마음은 그를 믿나니 산업이 핍절하지 아니하겠으며 그런 자는 살아 있는 동안에 그의 남편에게 선을 행하고 악을 행하지 아니하느니라 다투는 여인과 함께 큰 집에서 사는 것보다 움막에서 혼자 사는 것이 나으니라

- 잠언 -

3. 사랑하는 딸과 아들

　　　　　　　서로가 위로 되지 못하는 결혼생활에 가끔 회의를
느낄 때마다 다른 길을 생각하고 구치소에서 출소한 후 세상을
원망하며 여기저기 방황할 때도 나를 다시 집으로 들어가게 한
것은 나의 아이들이었다.

　못난 부모 때문에, 엄마, 아버지의 이기심 때문에 나의 아이
들이 상처를 안고 살아가야 한다는 것은 내겐 이혼보다 더욱
아픈 고통이라 생각했기 때문이다. 가정생활보다는 성공을, 아
이들과 함께 있는 시간보다는 사회활동 중요시했던 아버지로
서 책임을 다하지 못한 것에 대한 미안한 마음, 그리고 언제나
보고 싶은 아이들에 대한 그리움 때문이기도 했다.

　사실 나는 결혼 초 예쁜 딸을 낳고 나서 다짐을 하나 한 것이
있었다. '성공을 위해서 자식은 한 명만 낳고 둘째를 위한 정성
은 부모님에게 효도로 대신하고 가난한 집안 환경에서 태어나
지금까지 힘들게 살아온 나의 인생을 위로하며 멋지게 살겠다
는 결심이었다. 그래서 딸 하나를 낳고 비뇨기과를 스스로 찾
아가 만류하는 의사의 소견을 뿌리치고 정관 수술을 했다.

　하지만 퇴근하는 어느 날 혼자 길에서 쪼그려 앉아 놀고 있

는 외동딸의 모습을 바라보며 무엇이 나의 사랑하는 딸을 위한 것인지를 자문하게 되었다. 지금까지 자식 하나만 잘 키우면 된다 생각하며 이것저것 정성을 다해 키워 왔지만, 그 생각은 나의 이기적인 마음이었고, 사랑하는 딸을 위한 일은 아니었다.

그 후, 나를 똑 닮은 떡두꺼비 같은 아들이 생겼고, 셋방살이를 전전하는 가난한 환경 속에서도 두 아이는 무럭무럭 자라 내게 무엇보다도 기쁜 선물이 되었다.

어느덧 딸은 예쁘게 자라 고등학교를 졸업하고 대학 수능 시험을 치렀지만, 만족하지 못한 성적표를 받고 힘들어하는 딸에게 나는 필리핀 유학을 권유했다. 그리고 얼마 후, 우리 가족은 필리핀 한국촌 빌리지 '고향 마을'이라고 불리는 곳에서 살게 되었고, 딸은 필리핀 대학에 입학하게 되었다.

하지만 우리가 거주하게 될 앙헬레스라는 도시는 마닐라 공항에서 버스로 두 시간 정도를 더 들어가는 지방 도시였고, 고향 마을은 그곳 시내에서도 비포장도로로 40~50분을 더 가야 하는 시골 마을이었다. 이주하던 날, 이삿짐은 이미 국제물류센터를 통하여 배로 실어 보내고 우리 가족은 서너 시간의 비행기를 타고 필리핀 공항에 내렸다. 그리고 나는 가로 등불 하나 없는 필리핀 시골길을 달려가면서 필리핀 이민 생활과 앞으로의 계획을 설명했지만 불안해하는 가족들의 표정을 지금도 잊을 수 없다.

"아빠, 우리 언제까지 여기서 살아야 돼? 나 적응이 잘 안 될 것 같아."

늦은 밤 고향 마을에 도착 후 딸의 입에서 처음 나온 말은 나의 예상을 빗나가지 않았다. 하지만 한국 생활과 비교하여 모든 것이 낯설고 불편해 보이는 환경에 어린 딸로서는 어쩌면 당연한 말이었겠지만, 아무 생각 없이 던져진 딸의 그 한마디에 나도 적지 않게 당황하였다.

나는 사실 필리핀에 1년 먼저 들어와서 호텔을 짓기 전에 가족을 위한 타운하우스를 마련하였고, 그 주택은 1층은 주방과

거실, 2층은 3개의 침실로 이루어진 나름 예쁜 집이었다. 그리고 나는 가족을 필리핀에 데려오기 전까지는 2층 침실에 올라가 잠을 자 본 적이 없었고, 1층 거실 소파에서 티브이를 보면서 술 한 잔 마시다 잠이 들곤 했던 것이다.

아이들을 달래야 할 아내마저 불편한 기색을 감추지 않고 불만을 이야기할 때, 외롭게 홀로 보낸 시간들이 주마등처럼 지나갔고 가장인 내가 어찌해야 하는지를 고민하며 상념에 빠졌다.

"아빠, 이 넓은 집에서 혼자 사시느라 많이 외로우셨겠다."

나의 허전한 마음을 어린 아들이 어찌 알았는지? 이미 훌쩍 커버린 어린 아들 한마디에 나는 그동안의 고생에 위로를 받았고, 다시 가족들을 다독이며 필리핀 이민생활을 설명했다. 어쨌든 딸은 처음 말과는 달리 필리핀에서 잘 적응하며 대학 생활을 시작했고, 경험을 쌓은 후 한국의 대학에 편입하여 졸업한 후 영어 강사로 근무하고 있다.

딸이 필리핀에서 대학을 다니는 동안 나는 호텔을 짓느라 마음에 여유가 없었고, 경제적으로도 넉넉지 못해 딸이 마음껏 공부할 수 있도록 보살펴 주지 못했던 그때의 일이 지금도 미안하다.

혼자 외롭게 놀고 있는 딸을 생각해서 늦게 낳은 자식이지만 아들은 나를 꽤 많이 닮았다. 어머니 이야기로는 나도 태어나

2주간 눈을 뜨지 않아 할머니가 매일 아침 정화수를 받아 삼신할매에게 기도드리며 손자인 나를 위해 지극 정성을 다하셨다 한다. 그런데 아들도 출산한 지 일주일이 지났는데도 눈을 뜨지 않고 반항하는 거다. 처가에서는 장님이 태어났다고 난리를 치며 걱정을 했지만 나는 속으로 웃었다.

이놈, 이런 것까지 닮으면 어떻게 하냐? 애비도 쪼끔은 신경 쓰인다고, 고약한 놈.

어쨌든 아들은 무럭무럭 자라 180인 내 키를 훌쩍 뛰어넘었고, 선한 마음 씀씀이가 누구를 닮았는지 참 대견스럽고 기특하고 자랑스럽다. 그리고 아들은 대학을 진학하여 1년을 마친 후, 군 복무를 마치고 다시 복학하고자 할 때, 나는 아들의 복학을 만류하며 필리핀 어학연수 후 싱가포르에서 대학 다닐 것을 권유하였다.

SKY를 졸업해도 공무원 시험을 준비한다는 대한민국의 어려운 취업 현실 앞에서 내 아들이 지방대를 졸업하고 그냥 살기 위해 직장을 잡고 현실에 안주하며 살아가는 것을 지켜보고 싶지는 않았다. 높이 나는 새가 멀리 본다고 하지 않았는가? 조금 힘들더라도 비전 있는 삶의 목표를 세우고, 다소 위험이 있더라도 뛰어넘을 수 있는 용기를 갖고 헤쳐나가며, 걸림돌을 디딤돌로 만들어 나가는 그런 사람이 되기를 원했다.

"아빠 때는 영어만 잘하면 됐지만, 이제 너희들 세대에서는 중국어를 하지 못하면 안 된다. 어학연수 끝낸 후, 아시아 금융과 물류의 중심지인 싱가포르 대학으로 진학하도록 도전해보자."

아들은 주저 없이 나의 제안에 귀를 기울였고 지금은 필리핀 어학연수를 거쳐 싱가포르에 있는 아일랜드 국립 대학을 졸업했다. 그리고 지금은 K-뷰티, 의료기기 벤처기업에 입사하여 아시아를 담당하는 해외영업부에서 그의 꿈을 실현하기 위해 열심히 노력하고 있다.

내 인생에서 가장 잘한 선택이 있다면 우리 아이들이다. 아버지의 꼰대 같은 이야기라도 부정하지 않고 이해하려 하며 따라주는 아이들이 고맙다. 부디 넓은 세상에서 더 큰 꿈 꾸며 멋지게 살아라. 인생은 한 번뿐이다! 아빠가 응원한다. 아들딸 파이팅!

4. 아픈 엄지손가락, 나의 부모님

　　나의 아버지는 날품팔이하는 노동자의 삶으로 우리를 이만큼 키워 내셨고, 당신의 삶이 버겁고 힘들더라도 자식들이 공부 잘하는 것으로 위안 삼으며 자랑스러워하셨다. 나는 그런 아버지를 바라보며 나의 성공의 첫 번째 목표는 우리 동네에서 제일 큰 집을 사드리는 거였다.

　하지만 아버지는 일찍 중풍으로 쓰러져 고생만 하시다가 나의 호텔 준공도 보지 못한 채 일찍 돌아가셨다. 가난으로 멸시받던 부모님의 한을 조금이나마 풀어드리고 싶었는데….

　'아버지, 죄송합니다. 제게 너무 시간이 부족했습니다. 이 불효자를 용서해 주세요. 아버지, 그곳 하늘나라는 어떤가요? 아버지의 너털웃음이 오늘따라 너무 그립습니다.'

　나의 어머니, 서너 명의 자식을 먼저 하늘나라에 보내고 첫째 딸의 정신병원까지 드나드는 것을 지켜보며 중풍 걸린 남편을 돌보아야 했던 우리 어머니는 내가 세상에서 가장 사랑하는 분이시다.

　아버지가 돌아가시고 한쪽 눈까지 실명하신 어머니, 필리핀 사업 때문에 잠시 떠나 있기도 하였지만, 어머니 여생이 얼마 남지 않은 이 순간, 내가 할 수 있는 가장 가치 있는 선택은 어머니를 모시고 함께 사는 거였다.

물론 내가 한국에 와 있는 동안 믿었던 직원들의 배임과 횡령으로 큰 손해를 입었지만, 지금까지 어머님이 살아계신 것만으로도 큰 위안이 된다.

"이번에 시골 부모님 TV 바꿔드리자."

"우리도 바꿀 때 되었는걸요?"

"아니야. 우린 아직 젊잖아. 부모님 먼저 해 드리자."

컬러 TV를 살 때도 나는 늘 시골집이 먼저였고, 맛있는 음식을 먹을 때도 늘 고향에 계신 부모님이 생각에 마음이 편치 않았다. 아내는 그런 나를 달가워하지 않았고, 그것 때문에 갈등도 많았지만, 홀로 시골에 계시는 부모님께 해 드릴 수 있는 것이 나의 존재 이유였고, 최고의 보람이었다. 며느리와 딸들이 가끔 어머니의 옷을 사서 보내 왔어도 세련된 어머니의 취향에 맞지 않을 때는 나는 연로하신 어머니를 모시고 쇼핑을 다닌 적도 있다.

한번은 어머님을 제천보다는 좀 더 시장이 넓은 충주로 모시고 가 옷을 한 벌 사드리고 백화점, 쇼핑센터 여기저기를 구경하는데도 어머니 눈높이에 맞는 옷이 없는 거다. 이렇게 옷이 많은데도 선뜻 옷을 고르시지 않는 어머니의 까다로운 취향이야속하다고 생각할 때 어머니는 고가 브랜드 김창숙 부티크 단독 매장에서 멋진 외투를 고르셨다.

　반짝이는 작은 구슬이 달린 재킷으로, 70만 원이 훌쩍 넘은 예상치 않은 가격에 적잖이 당황했지만, 나는 그때 난생처음 어머니 마음에 드는 옷을 사 드렸다. 하지만 사춘기 소녀처럼 행복해하는 어머니를 보니 좀 더 일찍 사 드리지 못한 죄송함이, 가격 때문에 망설였던 나의 불효 때문에 지금도 마음이 아프다.

　"아들아, 내가 말이야, 요 며칠 잠이 안 온다."

　옷을 사 드린 주말이었다. 순간 어디가 또 아프신 게 아닌가 싶어, "어머니 그게 무슨 말씀이세요? 어디가 아프세요?" 물었다.

　"아니다. 아들아, 월요일에 노인대학 갈 때 새로 산 옷을 입고 갈 생각을 하니깐 설레서 잠이 안 와."

　"아이고, 우리 엄마 여전히 소녀시네. 그 옷이 그렇게도 마음에 드셨어요?"

　"응, 딱 좋다. 교회 갈 때도 이 옷만 입고 가야겠다."

　'어머니, 미안해요. 앞으로도 멋진 옷 사드릴게요.'

　하지만 그 후 나는 어머니에게 한 약속을 지키지 못했고, 차일피일하다가 어머니와 함께한 쇼핑은 그날이 마지막이 되었다. 건강하실 때 좀 더 모시고 돌아다니며 좋은 옷도 사드리고 맛있는 것도 사 드려야 했는데, 이제는 내게 그런 기회조차 허락되지 않고 세월은 기다려주지 않았다. 나의 고운 어머니는 지금 춘천의 한 작은 요양원에서 이 못난 자식을 그리워하고 요양 보호사의 도움을 받으며 긴긴 하루를 보내고 계신다.

어머니는 내가 힘들어 주저앉아 절망할 때 포기하지 않고 다시 일어서게 만든 삶의 원천이었고, 따스한 안식처였다. 일평생 가족들을 위해 기도하시고 사랑을 내어주신 어머니를 위해 이제는 내가 할 것이 기도밖에 없음이 가슴 아프다.

'어머니, 죄송합니다. 오래 사셔야 해요. 제가 불효자입니다.'

5. 하지만 미워할 수 없는 ... 나의 형

동네 이발소에서 일어났던 일 # 중앙선 열차 안에서 # 작은 마당 철봉 아래서 # 신문사 지국 # 아버지 회갑 날의 풍경 # 딸 첫돌 때 생긴 일 # 이백만 원의 기억 # 뉴코아 통신매장에서의 기억 # 구치소 영치금과 변호사 # 필리핀에서 생긴 일 # 어머니 신촌 세브란스 병원, 그리고 여관 # 지급명령서 # 어머니 인천 성모병원 입원과 해외출장 # 어머니 모시고 살 때 형과 형수의 방문

너를 낳은 아비에게 청종하고 네 늙은 어미를 경히 여기지 말지니라 네 친구와 네 친구의 아비를 버리지 말며 네 환난 날에 형제의 집에 들어가지 말지어다 가까운 이웃이 먼 형제보다 나으니라 의인은 가난한 자의 사정을 알아주나 악인은 알아줄 지식이 없느니라

- 잠언 -

내 마음 별과 같이

산 노을에 두둥실 홀로 가는 저 구름아

너는 알리라 내 마음을

부평초 같은 마음을

한 송이 구름 꽃을 피우기 위해

떠도는 유랑 별처럼

내 마음 별과 같이 저 하늘 별이 되어

영원히 빛나리

가수 현철의 「내 마음 별과 같이」 노래 가사이다. 어느 노래를 시와 구분하겠냐만, 이 노랫말 가사는 가을 깊은 한 남자의 쓸쓸한 마음과 많이 닮았다. 요즘 나는 구름이 되었다가 부평초가 되었다가 때론 떠도는 유랑 별이 되기도 하니 말이다.

예전에도 내가 이렇게 감상적이었던가? 살아온 나의 삶을 돌아보며 글을 쓰는 시간 동안에 나는 꽤 감성적인 사람이 되기도, 격정적인 사람이 되기도 하였다.

가지 않은 길을 선택하며 마주해야 했던 두려움과 설렘, 홀로 싸워야 했던 외로운 순간들이 주마등처럼 지나갈 때 울고 웃었다. 그렇게 소용돌이치는 감정의 골짜기를 지나 한숨 크게 쉬고 나면, 그간 놓치고 살았던 순간들이 마치 드라마의 한 장면처럼 다시 연결되기도 했다.

지금까지 살아오는 동안 끊임없는 도전을 했고 모험을 두려워하지 않았지만, 이제는 삶의 무게에 짓눌린 어깨를 풀어놓고 멋지게 나이 드는 스스로를 기대한다. 맑은 날은 맑은 날 그대로, 흐린 날은 또 흐린 날대로 좋다. 있는 그대로 인정하고 받아들여야 한다는 것이 삶의 지혜라는 것을 느끼며….

멈춰야 비로소 보이는 것들, 내 나이 회갑을 넘고 보니 비로소 보이는 것들. 지나쳐 버렸던 작고 소중한 것들을 찾아가며 하늘의 유랑 별처럼 살아가고 싶다. 남아있던 미움마저도 모두 내려놓고 한 번도 가지 않았던 또 다른 길을 떠나려 한다.

미련 없이, 바람처럼 구름처럼 나그네 되어.

2022년 봄 알프스에서